LES AUTEURS LATINS

EXPLIQUÉS D'APRÈS UNE MÉTHODE NOUVELLE

PAR DEUX TRADUCTIONS FRANÇAISES

L'UNE LITTÉRALE ET JUXTALINÉAIRE PRÉSENTANT LE MOT A MOT FRANÇAIS
EN REGARD DES MOTS LATINS CORRESPONDANTS
L'AUTRE CORRECTE ET FIDÈLE PRÉCÉDÉE DU TEXTE LATIN

avec des sommaires et des notes

PAR UNE SOCIÉTÉ DE PROFESSEURS

ET DE LATINISTES

CICÉRON

SONGE DE SCIPION

EXPLIQUÉ, TRADUIT ET ANNOTÉ

PAR M. POTTIN

PARIS
LIBRAIRIE DE L. HACHETTE
RUE PIERRE-SARRAZIN, N° 12

1845

LES AUTEURS LATINS

EXPLIQUÉS D'APRÈS UNE MÉTHODE NOUVELLE

PAR DEUX TRADUCTIONS FRANÇAISES

Cet ouvrage a été expliqué, traduit et annoté par M. Pottin.

DE L'IMPRIMERIE DE CRAPELET, RUE DE VAUGIRARD, N° 9

LES

AUTEURS LATINS

EXPLIQUÉS D'APRÈS UNE MÉTHODE NOUVELLE

PAR DEUX TRADUCTIONS FRANÇAISES

L'UNE LITTÉRALE ET JUXTALINÉAIRE PRÉSENTANT LE MOT A MOT FRANÇAIS
EN REGARD DES MOTS LATINS CORRESPONDANTS
L'AUTRE CORRECTE ET FIDÈLE PRÉCÉDÉE DU TEXTE LATIN

avec des sommaires et des notes

PAR UNE SOCIÉTÉ DE PROFESSEURS

ET DE LATINISTES

CICÉRON

SONGE DE SCIPION

PARIS

LIBRAIRIE DE L. HACHETTE

RUE PIERRE-SARRAZIN, N° 12

1845

AVIS

On a réuni par des traits, dans la traduction juxtalinéaire, les mots français qui traduisent un seul mot latin.

On a imprimé en *italique* les mots qu'il était nécessaire d'ajouter pour rendre intelligible la phrase française, et qui n'avaient pas leur équivalent dans le latin.

Enfin, les mots placés entre parenthèses, dans le français, doivent être considérés comme une seconde explication, plus intelligible que la version latine.

INTRODUCTION.[1]

Parmi les œuvres de Platon se trouve un traité sur la *République*, en dix livres. A son exemple, Cicéron avait composé un ouvrage sur la *République*, divisé en six livres, dont nous ne possédons que des fragments. Le *Songe de Scipion*, qui a été conservé et commenté par le grammairien Macrobe, faisait partie du sixième livre.

Cette fiction est encore imitée de Platon, lequel suppose qu'un guerrier nommé Her, de Pamphylie, mourut en combattant, ressuscita douze jours après, et raconta alors les secrets de l'autre vie (*Répub.*, X). Cicéron adoucit ce que ce merveilleux oriental pouvait avoir de trop hardi pour son siècle, en substituant à une résurrection réelle une apparition nocturne.

Dans le traité de l'*Amitié* (ch. 4), il fait allusion au *Songe de Scipion*. Après avoir rappelé la doctrine de Socrate sur l'immortalité de l'âme, il fait dire à Lélius : « Quod item Scipioni « videbatur : qui quidem quasi præsagiret, perpaucis ante « mortem diebus, quum et Philus et Manilius adessent, et alii « plures, tuque etiam, Scævola, mecum venisses, triduum « disseruit de Republica ; cujus disputationis fuit extremum fere « de immortalitate animorum ; quæ se in quiete per visum ex « Africano audisse dicebat. »

Cicéron suppose que cet entretien eut lieu l'an 625 (ou 626) de Rome, peu de jours avant la mort de Scipion. Il écrivit le traité de la *République* l'an 699, à l'âge de cinquante-trois ans.

Le texte du *Songe de Scipion* n'est pas aussi pur que s'il nous eût été conservé dans les manuscrits de Cicéron. Après tant d'éditions, plusieurs passages appellent encore les travaux de la critique. On n'a pas assez mis à contribution le long commentaire de Macrobe, qui nous a fourni de précieuses lumières; mais nous étions restreint par les bornes d'une édition classique.

La conclusion de l'interprète fera juger de l'importance que

[1] Nous avons emprunté cette Introduction à l'excellente édition avec notes latines, donnée par M. Quicherat.

les Romains attachaient à cet épisode, dans lequel toutes les grandes questions de la philosophie sont abordées : « Sed jam « finem Somnio, cohibita disputatione, faciamus, hoc adjecto « quod conclusionem decebit : quia quum sint totius philosophiæ « tres partes, moralis, naturalis et rationalis ; et sit moralis quæ « decet morum elimatam perfectionem, naturalis quæ de divinis « corporibus disputat, rationalis quum de incorporalibus sermo « est, quæ mens sola complectitur : nullam de tribus Tullius « prætermisit. Nam illa ad virtutes amoremque patriæ, et ad « contemptum gloriæ adhortatio, quid continet nisi ethnicæ « philosophiæ instituta moralia? Quum vero de sphærarum « modo vel de mobilitate (vulg. novitate) sive magnitudine « siderum, deque principatu solis et circis cœlestibus cingu- « lisque terrestribus et Oceani situ loquitur, et harmoniæ supe- « rum pandit arcanum, physicæ decreta commemorat. At quum « de motu et immortalitate animæ disputat, cui nihil constat « inesse corporeum, cujusque essentiam nullius sensus, sed sola « ratio deprehendit, illic ad altitudinem philosophiæ ascendit. « Vere igitur pronuntiandum est nihil hoc opere perfectius, quo « universa philosophiæ continetur integritas. »

Complétons ce jugement par celui de M. J.-V. Le Clerc, notre savant éditeur de Cicéron :

« Parmi tous les nouveaux fragments de la *République*, il n'en est pas un qui approche, même de très-loin, de ce morceau éloquent et hardi, où le paganisme a aussi son espérance, où la raison humaine fait entrevoir à la vertu quelque récompense au delà des triomphes du Capitole et des pompes de la gloire. C'est le monument de la prose latine qui me semble le plus empreint des couleurs de l'imagination grecque, le plus voisin de ces compositions fantastiques inspirées aux sages d'Athènes et d'Alexandrie par l'idéalisme de l'école de Socrate, et même à quelques auteurs du moyen âge, par le spiritualisme chrétien. Ces nobles idées conviennent si bien à la belle âme de Scipion, que l'esprit n'est point étonné des merveilles de ce récit, et qu'il semble qu'un tel homme a dû parler un tel langage. Le style rend le prestige plus complet : jamais Cicéron n'a mieux su réunir la simplicité à l'élévation, la grâce à la force, le génie de Platon à la gravité du consul romain. »

ARGUMENT ANALYTIQUE.

I. Scipion Émilien raconte à ses amis son entrevue avec Massinissa. Démonstrations amicales du vieux roi. Toute la conversation roule sur le premier Africain. — II. Scipion prend congé de Massinissa. Il s'endort. Le premier Africain lui apparaît en songe. — III. Il lui prédit sa gloire prochaine, ses triomphes, les complots qui exigeraient sa dictature, sa fin tragique. — IV. Les héros récompensés après leur mort. Sur l'immortalité de l'âme. Apparition de Paul-Émile. — V. Il explique à Scipion la mission de l'homme sur la terre. Exhortations et encouragements. — VI. La voie lactée. Scipion aperçoit tous les corps célestes. Immensité des étoiles. — VII. L'univers composé de neuf cercles. Dénombrement des planètes. — VIII. Harmonies des sphères. L'oreille de l'homme ne peut les entendre. — IX. Le premier Africain reprend la parole. Sur le néant de la gloire humaine. Les habitants de la terre inconnus les uns aux autres. — X. Les zones. Points du globe habitables. La gloire ne peut franchir certaines limites. — XI. L'oubli, dernier terme de toute célébrité. — XII. Ce que c'est que l'année du monde comparée à l'année du soleil. — XIII. Scipion doit s'élever au-dessus des discours du vulgaire. La vertu est la seule passion digne de lui. — XIV. Scipion prend la parole : il va redoubler d'efforts. Réplique du premier Africain : l'âme, c'est l'homme. L'homme est un Dieu. — XV. L'âme seule possède en propre le mouvement perpétuel. L'immortalite de l'âme est prouvée par la perpétuité du mouvement. — XVI. L'âme s'élève par de nobles exercices. Les voluptueux punis après leur mort. Fin du songe.

Époque supposée de cet entretien :

An de Rome 625, avant Jésus-Christ 128.

Consuls, { C. Sempronius Tuditanus.
M. Aquilius Népos. }

M. T. CICERONIS

SOMNIUM SCIPIONIS.

I. Quum in Africam venissem [1], M'. Manilio [2] consuli ad quartam legionem tribunus, ut scitis, militum; nihil mihi potius fuit quam ut Massinissam convenirem, regem familiæ nostræ justis de causis amicissimum [3]. Ad quem ut veni, complexus me senex collacrymavit, aliquantoque post suspexit in cœlum, et: « Grates, inquit, tibi ago, summe sol, vobisque, reliqui cœlites [4]; quod, antequam ex hac vita migro, conspicio in meo regno et his tectis P. Cornelium Scipionem, cujus ego nomine ipso recreor: ita nunquam ex animo meo discedit illius optimi atque invictissimi viri [5] memoria. » Deinde ego illum de suo regno, ille me de nostra republica percunctatus est; multisque

I. Lorsque j'arrivai en Afrique, où j'étais, comme vous le savez, tribun militaire dans la quatrième légion, sous le consul M'. Manilius, je n'eus rien de plus pressé que de me rendre près de Massinissa, ce roi lié à notre famille par une étroite et bien légitime amitié. Dès que je fus devant lui, le vieillard, me serrant dans ses bras, fondit en larmes, puis il leva les yeux au ciel : « Grâces, dit-il, soient rendues à toi, Soleil, roi des astres, et à vous tous, dieux du ciel, puisqu'il m'est donné, avant de partir de cette vie, de voir dans mon royaume et à mon foyer P. Cornélius Scipion, dont le nom seul me ranime! Jamais le souvenir de l'excellent, de l'invincible héros qui a illustré ce nom ne sort de mon esprit. »

Nous nous informâmes ensuite, moi de son royaume, lui de notre république, et de paroles en paroles nous vîmes le terme de cette

CICÉRON.

LE SONGE DE SCIPION.

I. Quum venissem
in Africam,
tribunus militum
ad quartam legionem
M'. Manilio consuli,
ut scitis,
nihil fuit potius mihi
quam ut convenirem
Massinissam,
regem amicissimum
nostræ familiæ
de causis justis.
Ut veni ad quem,
senex complexus me
collacrymavit,
aliquantoque post
suspexit in cœlum,
et: « Ago grates tibi, inquit,
sol summe,
vobisque, reliqui cœlites,
quod,
antequam migro ex hac vita,
conspicio in meo regno
et his tectis
P. Cornelium Scipionem,
nomine ipso cujus
ego recreor :
ita memoria
illius viri
optimi atque invictissimi
discedit nunquam
ex meo animo. »
Deinde ego illum
de suo regno,
ille percunctatus est me
de nostra republica ;

I. Lorsque j'étais venu
en Afrique,
tribun des soldats
auprès de la quatrième légion
sous M'. Manilius, consul,
comme vous savez,
rien ne fut plus-pressé pour moi
que d'aller-trouver
Massinissa,
roi très-dévoué
à notre famille
pour des causes justes.
Dès que je fus venu près de lui,
le vieillard ayant embrassé moi
pleura,
et un peu après
regarda-en-haut vers le ciel,
et : « Je rends grâces à toi, dit-il,
soleil souverain,
et à vous, autres habitants-du-ciel,
de ce que,
avant que je parte de cette vie,
je vois dans mon royaume
et *sous* ce toit
P. Cornelius Scipion,
par le nom même (seul) de qui
je suis recréé (ranimé):
tant le souvenir
de cet homme (le premier Scipion)
très-bon et très-invincible
ne s'éloigne jamais
de mon cœur. »
Ensuite moi *j'interrogeai* lui
sur son royaume,
lui il interrogea moi
sur notre république ;

verbis ultro citroque habitis, ille nobis consumptus est dies. Post autem, regio apparatu accepti, sermonem in multam noctem produximus, quum senex nihil nisi de Africano loqueretur, omniaque ejus non facta solum, sed etiam dicta meminisset.

II. Deinde, ut cubitum discessimus, me et de via[1], et qui ad multam noctem vigilassem, arctior, quam solebat, somnus complexus est. Hic mihi (credo equidem ex hoc quod eramus locuti : fit enim fere ut cogitationes sermonesque nostri pariant aliquid in somno tale quale de Homero scribit Ennius[2], de quo videlicet sæpissime vigilans solebat cogitare et loqui) Africanus[3] se ostendit illa forma quæ mihi ex imagine ejus, quam ex ipso, erat notior[4]. Quem ut agnovi, equidem cohorrui; sed ille : « Ades, inquit, animo[5], et omitte timorem, Scipio, et quæ dicam, trade memoriæ.

journée. Après un repas tout royal, nous prolongeâmes notre conversation fort avant dans la nuit : le vieux roi ne parlait que de Scipion l'Africain, et il se rappelait non-seulement toutes ses actions, mais encore toutes ses paroles.

II. Ensuite, à peine étions-nous allés chacun nous reposer, que la fatigue de la route et de cette longue veille me plongea dans un sommeil plus profond que de coutume. Alors m'apparut (était-ce un effet de nos entretiens, je le crois : oui, nos idées et nos discours peuvent enfanter dans le sommeil des visions pareilles à celle que décrit Ennius au sujet d'Homère, qui revenait sans cesse pendant le jour dans sa pensée et dans ses entretiens) Scipion l'Africain sous ces traits qui m'étaient familiers, bien plus pour avoir contemplé ses images que pour l'avoir vu lui-même. Je le reconnus, et je frémis; mais lui : « Remets-toi, dit-il, bannis la crainte, Scipion, et ce que je vais dire, grave-le dans ta mémoire.

multisque verbis	et beaucoup de paroles
habitis ultro citroque,	ayant été dites de part et d'autre,
ille dies	ce jour-*là*
consumptus est nobis.	fut consumé (se passa) pour nous.
Post autem,	Or après,
accepti apparatu regio,	traités avec un apparat royal,
produximus sermonem	nous prolongeâmes l'entretien
in noctem multam,	jusque dans la nuit ample (avancée),
quum senex	tandis que le vieillard
loqueretur nihil	*ne* disait rien
nisi de Africano,	sinon sur *Scipion* l'Africain,
meminissetque	et se rappelait
non solum omnia facta	non-seulement tous les faits,
sed etiam dicta ejus.	mais encore *toutes* les paroles de lui.
II. Deinde,	II. Ensuite,
ut discessimus	quand nous nous fûmes séparés
cubitum,	pour-aller-nous-coucher,
somnus arctior	un sommeil plus profond
quam solebat	qu'il *n'*était coutume
complexus est me,	saisit moi,
et de via,	et *fatigué* du chemin,
et qui vigilassem	et qui avais (vu que j'avais) veillé
ad noctem multam.	jusqu'à la nuit ample (avancée).
Hic Africanus ostendit se	Alors *Scipion* l'Africain montra soi
illa forma	*sous* cette forme
quæ erat notior mihi	qui était plus connue à moi
ex imagine ejus,	d'après l'image de lui,
quam ex ipso	que d'après lui-même
(credo equidem	(je crois moi-à-la-vérité
ex hoc quod	*que cela provint* de ce que
locuti eramus :	nous avions dit :
fit enim fere	il arrive en effet ordinairement
ut cogitationes	que *nos* pensées
nostrique sermones	et nos entretiens
pariant in somno aliquid	enfantent dans le sommeil quelque chose
tale quale	*de* tel que-ce-que
Ennius scribit de Homero,	Ennius écrit sur Homère,
de quo videlicet	au sujet duquel par exemple
sæpissime vigilans	très-souvent *étant* éveillé
solebat cogitare et loqui).	il avait coutume de penser et de parler).
Ut agnovi quem,	Dès que j'eus reconnu lui,
equidem cohorrui ;	moi-à-la-vérité je frissonnai ;
sed ille :	mais lui :
« Ades animo, inquit,	« Sois-présent d'esprit, dit-il,
et omitte timorem, Scipio,	et laisse la crainte, Scipion,
et trade memoriæ	et livre à *la* mémoire
quæ dicam.	les choses que je vais-dire.

III. « Videsne illam urbem, quæ, parere populo romano coacta per me, renovat pristina bella, nec potest quiescere (ostendebat autem Carthaginem de excelso et pleno stellarum, illustri et claro quodam loco [1]); ad quam tu oppugnandam nunc venis pæne miles? Hanc hoc biennio consul evertes [2], eritque cognomen id tibi per te partum, quod habes adhuc a nobis hereditarium. Quum autem Carthaginem deleveris, triumphum egeris, censorque fueris, et obieris legatus [3] Ægyptum, Syriam, Asiam, Græciam, deligere iterum consul absens, bellumque maximum conficies, Numantiam exscindes [4]. Sed quum eris curru Capitolium invectus, offendes rempublicam perturbatam consiliis nepotis mei [5]. Hic tu, Africane, ostendas oportebit patriæ lumen animi, ingenii consiliique tui. Sed ejus temporis ancipitem video quasi fatorum viam. Nam quum ætas tua septenos octies solis anfractus reditusque [6] converterit, duoque

III. « Vois-tu cette ville qui, forcée par moi d'obéir au peuple romain, renouvelle nos vieilles guerres, et ne peut souffrir le repos (et il montrait Carthage d'un lieu élevé, tout parsemé d'étoiles, resplendissant et lumineux), cette ville que tu viens assiéger aujourd'hui, presque soldat encore? Dans deux ans, consul, tu la renverseras, et tu auras conquis par toi-même ce surnom que tu tiens déjà de moi par héritage. Après avoir détruit Carthage, obtenu le triomphe, exercé la censure, visité comme lieutenant du peuple romain l'Égypte, la Syrie, l'Asie, la Grèce, tu seras élu consul une seconde fois en ton absence, enfin tu achèveras cette guerre implacable, tu ruineras Numance. Mais après avoir monté au Capitole sur ton char victorieux, tu trouveras la république tout agitée par les menées de mon petit-fils. Alors, ô Africain, fais briller pour la patrie ton courage, ton génie et ta prudence. Mais je vois, dans ces temps, une double route s'ouvrir et le destin hésiter. Oui, lorsque ton âge aura fourni huit fois sept révolutions de soleil, et que ces deux nom-

III. Videsne illam urbem,
quæ, coacta per me
parere populo romano,
renovat bella pristina,
nec potest quiescere
(ostendebat autem
Carthaginem
de quodam loco excelso
et pleno stellarum,
illustri et claro),
ad quam oppugnandam
tu venis nunc pæne miles?
Evertes hanc consul
hoc biennio,
idque cognomen
quod habes adhuc
hereditarium a nobis,
erit partum tibi per te.
Quum autem deleveris
Carthaginem,
egeris triumphum,
fuerisque censor,
et obieris
legatus
Ægyptum, Syriam,
Asiam, Græciam,
deligere iterum consul
absens,
conficiesque
bellum maximum,
exscindes Numantiam.
Sed quum eris invectus
Capitolium curru
offendes rempublicam
perturbatam consiliis
mei nepotis.
Hic, Africane,
oportebit tu ostendas patriæ
lumen tui animi,
ingenii consiliique.
Sed video viam
fatorum ejus temporis
quasi ancipitem.
Nam quum tua ætas
converterit octies septenos
anfractus reditusque
solis,

III. Vois-tu cette ville,
qui, forcée par moi
d'obéir au peuple romain,
renouvelle les guerres anciennes
et ne peut pas se reposer
(or il montrait
Carthage
d'un certain lieu élevé
et plein d'étoiles,
éclairé et brillant),
pour laquelle devant être assiégée
toi tu viens maintenant presque soldat?
Tu renverseras celle-ci *étant* consul
dans cet espace-de-deux-ans,
et ce surnom
lequel tu as jusqu'ici
héréditaire de nous (de moi),
sera acquis à toi par toi.
Or lorsque tu auras détruit
Carthage,
que tu auras conduit le triomphe,
et *que* tu auras été censeur,
et *que* tu auras parcouru
en-qualité-de-lieutenant
l'Égypte, la Syrie,
l'Asie, la Grèce,
tu seras choisi de nouveau consul
étant absent,
et tu achèveras
une guerre très-grande,
tu détruiras Numance.
Mais lorsque tu auras été porté
au Capitole sur un char,
tu rencontreras (trouveras) la république
troublée par les entreprises
de mon petit-fils.
Alors, *Scipion* l'Africain,
il faudra que toi, tu montres à la patrie
la lumière de ton courage,
de *ton* génie et de *ta* prudence.
Mais je vois la route
des destinées de ce temps
comme incertaine.
Car lorsque ton âge
aura tourné (parcouru) huit fois sept
courbures et retours (révolutions)
du soleil,

hi numeri, quorum uterque plenus[1], alter altera de causa, habetur, circuitu naturali summam tibi fatalem confecerint; in te unum atque in tuum nomen se tota convertet civitas; te senatus, te omnes boni, te socii, te Latini intuebuntur; tu eris unus in quo nitatur civitatis salus; ac, ne multa, dictator rempublicam constituas oportet, si impias propinquorum manus effugeris[2]. »

Hic quum exclamasset Lælius[3], ingemuissentque ceteri[4] vehementius; leniter arridens Scipio: « Quæso, inquit, ne me e somno excitetis, et parumper[5] audite cetera.

IV. « Sed quo sis, Africane, alacrior ad tutandam rempublicam, sic habeto[6] : omnibus, qui patriam conservarint, adjuverint, auxerint, certum esse in cœlo definitum locum, ubi beati ævo sempiterno fruantur. Nihil est enim illi principi Deo, qui omnem hunc mundum regit, quod quidem in terris

bres, estimés parfaits l'un et l'autre, mais chacun pour une cause différente, auront, par un cycle naturel, complété pour toi la somme fatale, c'est vers toi seul et vers ton nom que se tournera Rome entière; c'est toi que le sénat, toi que tous les bons citoyens, toi que les alliés, toi que les Latins chercheront des yeux; c'est sur toi seul que reposera le salut de l'État; bref, sois dictateur, il le faut, et raffermis la république, si tu échappes aux mains impies de tes proches. »

A ces mots, Lélius poussa un cri, et un douloureux gémissement s'éleva de tous côtés; Scipion avec un doux sourire : « Je vous en prie, dit-il, ne me réveillez pas, écoutez un peu jusqu'au bout.

IV. « Mais pour que tu sentes redoubler ton ardeur à défendre l'Etat, Scipion, apprends ceci : pour tous les héros qui ont sauvé, secouru, agrandi la patrie, il est dans le ciel un lieu réservé, où ils jouiront d'une félicité sans fin. Car ce Dieu suprême qui gouverne l'immense univers ne trouve rien sur la terre qui soit plus

hique duo numeri,
quorum uterque
habetur plenus,
alter de causa altera,
confecerint
circuitu naturali
summam fatalem tibi;
civitas tota convertet se
in te unum
atque in tuum nomen;
te senatus,
te omnes boni,
te socii,
te Latini
intuebuntur;
tu eris unus in quo
salus civitatis nitatur;
ac, ne multa,
oportet dictator
constituas rempublicam,
si effugeris manus impias
propinquorum. »
Hic quum Lælius
exclamasset,
ceterique ingemuissent
vehementius;
Scipio arridens leniter:
« Quæso, inquit;
ne excitetis me e somno,
et audite parumper cetera.
IV. Sed, Africane,
quo sis alacrior
ad tutandam rempublicam,
habeto sic:
locum certum
esse definitum in cœlo,
omnibus qui conservarint
adjuvarint,
auxerint patriam
ubi fruantur beati
ævo sempiterno.
Nihil enim,
quod quidem fiat in terris,
est acceptius
illi Deo principi,
qui regit
omnem hunc mundum,

et *que* ces deux nombres,
desquels chacun
passe-pour parfait,
l'un pour une cause, *l'autre pour une autre*,
auront complété
par un circuit naturel
la somme fatale pour toi;
la cité entière tournera soi
vers toi seul
et vers ton nom;
c'est vers toi que le sénat,
vers toi que tous les bons *citoyens*,
vers toi que les alliés,
vers toi que les Latins
porteront-leurs-regards;
toi tu seras le seul sur lequel
le salut de la cité puisse s'appuier;
et, pour ne pas *dire* beaucoup,
il faut qu'*étant* dictateur
tu affermisses la république,
si tu échappes aux mains impies
de *tes* proches. »
Ici, comme Lélius
s'était écrié,
et que tous les autres avaient gémi
avec-beaucoup-de-véhémence;
Scipion souriant doucement:
« Je *vous* prie, dit-il,
ne réveillez pas moi du sommeil,
et écoutez un peu le reste.
IV. Mais, *Scipion* l'Africain,
afin que tu sois plus ardent
à protéger l'État,
aie ainsi (apprends ceci):
un lieu fixe
être déterminé dans le ciel,
pour tous *ceux* qui auront sauvé,
auront secouru,
auront agrandi la patrie,
où ils puissent-jouir heureux
d'une vie éternelle.
Rien en effet,
qui au moins se fasse sur les terres,
n'est plus agréable
à ce Dieu souverain,
qui régit
tout ce monde,

fiat, acceptius, quam concilia cœtusque hominum jure sociati, quæ civitates appellantur [1] : harum rectores et conservatores, hinc profecti, huc revertuntur. »

Hic ego, etsi eram perterritus, non tam metu mortis quam insidiarum a meis, quæsivi tamen, viveretne ipse et Paulus pater, et alii, quos nos exstinctos arbitraremur. « Imo vero, inquit, ii vivunt, qui ex corporum vinculis, tanquam e carcere [2], evolaverunt; vestra vero quæ dicitur vita, mors est. Quin tu adspicias ad te venientem Paulum patrem. » Quem ubi vidi, equidem vim lacrymarum profudi; ille autem, me complexus atque osculans, flere prohibebat.

V. Atque ego ut primum, fletu represso, loqui posse cœpi : « Quæso, inquam, pater sanctissime atque optime, quoniam hæc est vita, ut Africanum audio dicere, quid moror in terris? quin hinc ad vos venire propero [3]? »—« Non est ita, inquit ille :

agréable à ses yeux que ces réunions de mortels associés par le droit, que l'on nomme des cités. C'est d'ici que partent les génies qui les gouvernent et les défendent, c'est ici qu'ils reviennent. »

A ces mots, quoique rempli d'épouvante, non pas tant à l'idée de la mort que de la trahison des miens, j'eus cependant la force de lui demander s'il vivait encore, lui et Paul-Émile mon père, et tous ceux que nous, ici, nous regardions comme éteints. « Oui, dit-il, ceux-là vivent réellement qui, échappés des liens du corps où ils étaient captifs, ont pris leur essor; c'est ce que vous appelez la vie qui est la mort. Tiens, voici Paul-Émile ton père qui vient vers toi. » Je le vis, et je fondis en larmes; lui, m'entourant de ses bras et me prodiguant ses caresses, il me défendait de pleurer.

V. Dès que je pus retenir mes sanglots, je m'écriai : « O mon père, le plus saint et le meilleur des hommes, puisque la vie est près de vous, comme je l'entends dire à l'Africain, qui me retient donc sur la terre? Pourquoi ne pas me hâter de venir à vous? » —

quam concilia
cœtusque hominum
sociati jure,
quæ appellantur civitates :
rectores et conservatores
harum,
profecti hinc,
revertuntur huc. »
Hic ego,
etsi eram perterritus,
non tam metu mortis
quam insidiarum a meis,
quæsivi tamen
viveretne ipse
et pater Paulus,
et alii, quos nos
arbitraremur exstinctos.
« Imo vero, inquit,
ii qui evolaverunt
ex vinculis corporum,
tanquam e carcere,
vivunt;
vestra vero
quæ dicitur vita,
est mors.
Quin tu adspicias
Paulum patrem
venientem ad te. »
Ubi vidi quem,
equidem profudi
vim lacrymarum;
ille autem,
complexus
atque osculans me,
prohibebat flere.
V. Atque ut primum ego
cœpi posse loqui,
fletu represso :
« Quæso, inquam,
pater sanctissime
atque optime,
quoniam hæc est vita,
ut audio Africanum
dicere,
quid moror in terris?
Quin propero venire
hinc ad vos? »

que les assemblées
et les réunions d'hommes
associés par le droit,
lesquelles sont appelées cités :
les directeurs et les conservateurs
de ces *sociétés*,
partis d'ici,
reviennent ici. »
Ici moi,
quoique je fusse épouvanté,
non pas tant par la crainte de la mort
que *par la crainte* des embûches des miens,
je demandai cependant
s'il vivait lui-même
ainsi-que *mon* père Paul-*Emile*,
et les autres, lesquels nous
nous penserions (pensions) morts.
« Oui vraiment, dit-il,
ceux qui se-sont-envolés
des chaînes des corps,
comme d'une prison,
vivent;
mais votre *existence*
qui est dite la vie,
c'est la mort.
Que ne regardes-tu
Paul-*Émile ton* père
venant à toi. »
Dès que j'eus vu lui,
moi-à-la-vérité je répandis
une quantité de larmes;
lui au contraire,
embrassant
et baisant moi,
me défendait de pleurer.
V. Et dès que d'abord moi
je commençai à pouvoir parler,
le sanglot étant comprimé :
« Je *vous* prie, disais je,
père très-saint
et très-bon,
puisque celle-ci (ceci) est la vie,
comme j'entends *Scipion* l'Africain
le dire,
pourquoi resté-je sur les terres?
Que ne me hâté-je de venir
d'ici à vous? »

nisi Deus is, cujus hoc templum[1] est omne quod conspicis, istis te corporis custodiis liberaverit, huc tibi aditus patere non potest. Homines enim sunt hac lege generati, qui tuerentur illum globum quem in hoc templo medium vides, quæ terra dicitur: hisque animus datus est ex illis sempiternis ignibus, quæ sidera et stellas vocatis; quæ globosæ et rotundæ, divinis animatæ mentibus, circos suos orbesque conficiunt celeritate mirabili. Quare et tibi, Publi, et piis omnibus retinendus est animus in custodia corporis; nec injussu ejus, a quo ille est vobis datus, ex hominum vita migrandum est, ne munus humanum assignatum a Deo defugisse videamini. Sed sic, Scipio, ut avus hic tuus, ut ego, qui te genui, justitiam cole et pietatem; quæ quum sit magna in parentibus[2] et propinquis, tum in patria maxima est: ea vita via est in cœlum, et in hunc

« Non pas ainsi, me répondit-il : avant que ce Dieu, dont tout ce que tu vois est le temple, ne t'ait délivré de cette prison du corps, tu ne peux avoir accès dans ces demeures. Car les hommes sont nés pour être les fidèles gardiens de ce globe que tu vois au milieu de ce temple, et qu'on nomme la terre. Il leur a été donné une âme, rayon de ces feux éternels que vous appelez les astres et les étoiles, et qui, arrondis en sphères, animés par des intelligences divines, décrivent leurs périodes et leurs orbites avec une vitesse étrange. C'est donc un devoir et pour toi, Publius, et pour tous les hommes pieux, de retenir cette âme dans la prison du corps; et vous ne pouvez point, sans l'ordre de celui qui vous l'a donnée, partir de cette vie mortelle, il semblerait que vous désertez le poste humain assigné par Dieu même. Mais plutôt, Scipion, comme ton aïeul que tu vois ici, comme moi qui t'ai donné le jour, chéris la justice et la piété, cette piété qui est tout amour pour les parents et les proches tout dévouement pour la patrie : voilà le chemin qui te con-

« Non est ita, inquit ille :	« *Ce* n'est pas ainsi, dit celui ci :
nisi is Deus,	à moins que ce Dieu,
cujus omne hoc	duquel tout ce
quod conspicis	que tu aperçois
est templum,	est le temple,
liberaverit te	*n*'ait délivré toi
istis custodiis corporis,	de ces entraves du corps,
aditus huc	l'accès ici
non potest patere tibi.	ne peut pas être-ouvert à toi.
Homines enim generati sunt	Les hommes, en effet, ont été engendrés
hac lege,	sous cette condition,
qui tuerentur illum globum	*que* eux gardassent ce globe
quem vides medium	lequel tu vois au-milieu
in hoc templo,	dans ce temple,
quæ dicitur terra :	*globe* qui est nommé la terre :
animusque ex illis ignibus	et une âme *tirée* de ces feux
sempiternis,	éternels,
quæ vocatis	que vous appelez
sidera et stellas,	astres et étoiles,
datus est his;	a été donnée à eux ;
quæ globosæ et rotundæ,	lesquelles *étoiles* sphériques et rondes,
animatæ mentibus divinis,	animées par des intelligences divines,
conficiunt suos circos	parcourent leurs cercles
orbesque	et leurs orbites
celeritate mirabili.	avec une célérité admirable.
Quare animus	C'est pourquoi l'âme
est retinendus	est devant être retenue
in custodia corporis	dans la prison du corps
et tibi, Publi,	et à toi, Publius,
et omnibus piis;	et à tous les *hommes* pieux ;
et non est migrandum	et il ne faut pas partir
ex vita hominum,	de la vie des hommes,
injussu ejus	sans-l'ordre de celui
a quo ille datus est vobis,	par lequel cette *âme* a été donnée à vous,
ne videamini	de peur que vous *ne* paraissiez
defugisse munus humanum	avoir déserté la tâche humaine
assignatum a Deo.	assignée par Dieu.
Sed, Scipio, cole,	Mais, Scipion, cultive,
sic ut hic avus tuus,	de même que cet aïeul tien,
ut ego, qui genui te,	que moi, qui ai engendré toi,
justitiam et pietatem ;	la justice et la piété ;
quæ est tum maxima	laquelle est d'autant plus grande
in patria,	pour la patrie,
quum sit magna	qu'elle est grande
in parentibus et propinquis:	pour les parents et *pour* les proches :
ea vita est via in cœlum,	cette vie est le chemin au ciel,
et in hunc cœtum	et à cette assemblée

cœtum eorum qui jam vixerunt, et, corpore laxati, illum incolunt locum quem vides. »

VI. Erat autem[1] is splendidissimo candore inter flammas circus elucens, quem vos, ut a Graiis accepistis, orbem lacteum nuncupatis[2] : ex quo omnia mihi contemplanti præclara cetera et mirabilia videbantur. Erant autem eæ stellæ quas nunquam ex hoc loco vidimus, et eæ magnitudines omnium quas esse nunquam suspicati sumus : ex quibus erat illa minima[3], quæ ultima cœlo, citima terris, luce lucebat aliena. Stellarum autem globi terræ magnitudinem facile vincebant. Jam ipsa terra ita mihi parva visa est ut me imperii nostri, quo quasi punctum ejus attingimus, pœniteret[4].

VII. Quam quum magis intuerer : « Quæso, inquit Africanus, quousque humi defixa tua mens erit? Nonne adspicis quæ in templa veneris? Novem tibi orbibus vel potius globis connexa sunt omnia : quorum unus est cœlestis, extimus, qui reliquos

duira au ciel, dans la société des hommes qui ont déjà vécu, et qui, dégagés du corps, habitent le séjour que tu vois. »

VI. Or c'était ce cercle qui resplendit par son éclatante blancheur entre tous les feux célestes, et que vous, à l'imitation des Grecs, vous appelez voie lactée : de là je contemplais l'univers, et je ne voyais que magnificences et merveilles. Il y avait des étoiles que nous n'avons jamais aperçues d'ici-bas, et dont nous n'avons jamais soupçonné la grandeur. La plus petite de toutes était celle qui, la plus éloignée du ciel, la plus voisine de la terre, brillait d'une lumière empruntée. Du reste les globes étoilés l'emportent de beaucoup sur la terre en grandeur. Alors la terre elle-même me parut si petite, que notre empire, qui n'en occupe pour ainsi dire qu'un point, me fit pitié.

VII. Comme je la regardais attentivement : « Hé bien, me dit l'Africain, jusques à quand ton esprit sera-t-il attaché à la terre? Ne vois-tu pas dans quels temples tu es venu? L'univers est composé de neuf cercles, ou plutôt de neuf globes qui se touchent : le

eorum qui vixerunt jam,
et, laxati corpore,
incolunt illum locum
quem vides. »
VI. Erat autem is circus
elucens candore
splendidissimo
inter flammas,
quem vos nuncupatis
orbem lacteum,
ut accepistis a Graiis :
cetera videbantur præclara
et mirabilia
mihi contemplanti
ex quo omnia.
Erant autem eæ stellæ
quas nunquam vidimus
ex hoc loco,
et eæ magnitudines omnium
quas nunquam
suspicati sumus esse :
ex quibus minima
erat illa,
quæ ultima cœlo,
citima terris,
lucebat luce aliena.
Globi autem stellarum
vincebant facile
magnitudinem terræ.
Jam terra ipsa
visa est mihi ita parva
ut me pœniteret
nostri imperii,
quo attingimus quasi
punctum ejus.
VII. Quum intuerer
quam magis :
« Quæso, inquit Africanus,
quousque tua mens
erit defixa humi?
Nonne adspicis
in quæ templa veneris?
Omnia tibi sunt connexa
novem orbibus
vel potius globis :
rum unus est cœlestis,

de ceux qui ont vécu déjà,
et *qui*, dégagés du corps,
habitent ce lieu
que tu vois. »
VI. Or c'était ce cercle
brillant de la blancheur
la plus splendide
entre les feux *du ciel*,
lequel *cercle* vous vous nommez
orbe (voie) lactée,
comme vous *l'*avez reçu des Grecs :
les autres objets paraissaient éclatants
et merveilleux
à moi contemplant
duquel (de ce) *lieu* toutes choses.
Or *là* étaient de telles étoiles
lesquelles jamais nous n'avons vues
de ce lieu (d'ici),
et de telles grandeurs de toutes *les étoiles*
lesquelles jamais
nous n'avons soupçonné être :
desquelles la plus petite
était celle-là,
laquelle la dernière au ciel,
la plus voisine aux (des) terres,
brillait d'une lumière étrangère.
Or les globes des étoiles
surpassaient facilement
la grandeur de la terre.
Puis la terre même
parut à moi tellement petite
que j'avais-pitié
de notre empire,
par lequel nous touchons pour-ainsi-dire
un point d'elle.
VII. Comme je regardais
elle davantage :
« Je *te* prie, dit *Scipion* l'Africain,
jusques à quand ton âme
sera-t-elle fixée à terre?
Ne vois-tu pas
dans quels temples tu es venu?
Toutes les choses à toi sont liées-ensemble
par neuf cercles
ou plutôt par *neuf* globes :
desquels l'un est céleste,
le plus reculé (externe),

omnes complectitur, summus ipse Deus, arcens et continens ceteros; in quo infixi sunt illi, qui volvuntur, stellarum cursus sempiterni; cui subjecti sunt septem, qui versantur retro, contrario motu atque cœlum. Ex quibus unum globum possidet illa, quam in terris Saturniam nominant; deinde est hominum[1] generi prosperus et salutaris ille fulgor, qui dicitur Jovis; tum rutilus horribilisque terris, quem Martium dicitis; deinde subter, mediam fere regionem Sol obtinet, dux et princeps et moderator luminum reliquorum, mens mundi et temperatio, tanta magnitudine ut cuncta sua luce illustret et compleat. Hunc ut comites consequuntur, alter Veneris, alter Mercurii cursus; in infimoque orbe Luna, radiis solis accensa, convertitur. Infra autem jam nihil est nisi mortale et caducum, præter animos, generi hominum munere deorum datos; supra lunam sunt æterna omnia:

globe extérieur est celui du ciel, qui embrasse tous les autres : Dieu suprême, il les contient et les environne. Au ciel sont fixées les étoiles qu'il emporte éternellement dans son cours. Plus bas roulent sept globes, entraînés par un mouvement contraire à celui du ciel. La première de ces sphères est occupée par l'étoile que les hommes appellent Saturne; au-dessous brille cet astre bienfaisant et propice au genre humain, que l'on nomme Jupiter; puis Mars à la lueur sanglante et que la terre abhorre; au-dessous, vers la moyenne région, le Soleil, chef, roi, modérateur des autres astres, âme et régulateur du monde, et dont le globe, d'une grandeur prodigieuse, éclaire et remplit l'immensité de sa lumière. Il est suivi des deux sphères de Vénus et de Mercure, qui semblent lui faire escorte; enfin l'orbe inférieur est celui de la Lune, qui roule enflammée aux rayons du soleil. Au-dessous d'elle, il n'est plus rien que de mortel et de corruptible, à l'exception des âmes données à la race des hommes par un bienfait des dieux; au-dessus de la lune tout est éternel. Votre

qui complectitur	lequel embrasse
omnes reliquos,	tous les autres,
ipse Deus summus,	lui-même Dieu suprême,
arcens et continens ceteros;	enserrant et contenant *tous* les autres;
in quo	dans lequel *globe*
illi cursus sempiterni	ces cours éternels
stellarum,	des étoiles,
qui volvuntur,	lesquels *cours* tournent,
sunt infixi;	sont fixés;
cui septem,	auquel *globe* sept *globes*,
qui versantur retro,	qui roulent à rebours,
motu contrario	par un mouvement inverse
atque cœlum	au ciel,
sunt subjecti.	sont inférieurs.
Illa, quam nominant	Cette *planète*, laquelle on nomme
Saturniam in terris,	Saturnienne (Saturne) sur les terres,
possidet unum globum	possède (occupe) un globe
ex quibus;	d'eux (de ces) *sept globes;*
deinde est ille fulgor	ensuite c'est cette lumière
prosperus et salutaris	propice et salutaire
generi hominum,	à la race des hommes,
qui dicitur Jovis;	laquelle *lumière* est dite de Jupiter;
tum rutilus	puis le *globe* ardent
horribilisque terris,	et funeste aux terres,
quem dicitis Martium;	lequel vous dites de-Mars;
deinde subter, Sol,	ensuite, au-dessous, le Soleil,
dux et princeps et moderator	guide et chef et modérateur
reliquorum luminum,	des autres lumières,
mens et temperatio mundi,	âme et régulateur du monde,
magnitudine tanta	d'une grandeur si grande
ut illustret et compleat	qu'il éclaire et remplit
cuncta sua luce,	toutes choses de sa lumière,
obtinet regionem	occupe la région
fere mediam.	à peu près moyenne.
Cursus alter Veneris,	Le cours, l'un de Vénus,
alter Mercurii,	l'autre de Mercure,
consequuntur hunc	suivent-ensemble celui-ci
ut comites;	comme des compagnons;
inque orbe infimo luna,	et dans le cercle le plus bas la lune,
accensa radiis solis,	allumée aux (éclairée des) rayons du soleil,
convertitur.	tourne-en-même-temps.
Infra autem nihil est jam	Mais au-dessous rien n'est plus
nisi mortale et caducum,	si ce n'est mortel et fragile,
præter animos,	excepté les âmes,
datos munere deorum	données par la faveur des dieux
generi hominum;	à la race des hommes;
supra lunam	au-dessus de la lune

nam ea, quæ est media et nona, tellus neque movetur, et infima est, et in eam feruntur omnia suo nutu pondera. »

VIII. Quæ quum intuerer stupens, ut me recepi : « Quid ? hic, inquam, quis est, qui complet aures meas, tantus et tam dulcis sonus? » — « Hic est, inquit ille, qui, intervallis conjunctus imparibus, sed tamen pro rata partium ratione distinctis, impulsu et motu ipsorum orbium conficitur; qui, acuta cum gravibus temperans, varios æquabiliter concentus efficit[1] : nec enim silentio tanti motus incitari possunt, et natura fert ut extrema ex altera parte graviter, ex altera autem acute sonent. Quam ob causam summus ille cœli stellifer circulus[2], cujus conversio est concitatior, acuto et excitato movetur sono; gravissimo[3] autem hic lunaris atque infimus : nam terra, nona, immobilis manens, ima sede semper hæret, complexa medium

terre, placée au centre du monde et le plus loin du ciel, forme la neuvième sphère ; elle est immobile, et tous les corps graves sont entraînés vers elle par leur propre poids. »

VIII. Je contemplais ces merveilles, perdu dans mon admiration. Lorsque je pus me recueillir : « Quelle est donc, demandai-je, quelle est cette harmonie si puissante et si douce qui me pénètre? » — « C'est l'harmonie, me dit-il, qui, formée d'intervalles inégaux, mais combinés suivant une juste proportion, résulte de l'impulsion et du mouvement des sphères, et qui, fondant les tons graves et les tons aigus dans un commun accord, fait de toutes ces notes si variées un mélodieux concert. De si grands mouvements ne peuvent s'accomplir en silence, et la nature a voulu qu'aux deux extrémités de tous ces intervalles retentît d'un côté un son grave, de l'autre une note aiguë. Ainsi la plus élevée des sphères, celle du firmament étoilé, dont la course est la plus rapide, fait entendre un son éclatant et aigu, tandis que l'orbe inférieur de la lune murmure un son grave et sourd : la terre, au neuvième rang, demeure immobile au centre du monde, invariablement fixée dans la région la plus basse.

omnia sunt æterna :	toutes choses sont éternelles :
nam ea tellus,	car cette terre,
quæ est media et nona,	laquelle est située-au-milieu et la neuvième,
neque movetur,	ni ne se meut,
et est infima,	et *elle* est la plus basse,
et omnia pondera	et tous les poids (corps)
feruntur in eam suo nutu. »	sont portés vers elle par leur gravité. »
VIII. Quum intuerer	VIII. Comme je regardais
stupens quæ,	stupéfait ces choses,
ut recepi me :	dès que j'eus remis moi :
« Quid? quis est, inquam,	« Quoi? quel est, disais-je,
hic sonus tantus	ce bruit si grand
et tam dulcis,	et si doux,
qui complet meas aures?	lequel remplit mes oreilles?
« Hic est, inquit ille, qui,	« C'est, dit celui-là (Scipion), celui qui,
conjunctus	composé
intervallis imparibus,	d'intervalles inégaux,
sed tamen distinctis	mais cependant variés
pro ratione rata,	suivant une mesure constante,
conficitur impulsu et motu	est fait par l'impulsion et le mouvement
orbium ipsorum;	des cercles mêmes;
qui, temperans	lequel, mélangeant
acuta cum gravibus,	les *sons* aigus avec les graves,
conficit æquabiliter	produit également (en mesure)
concentus varios :	des accords divers :
etenim motus tanti	et en effet des mouvements si grands
non possunt	ne peuvent pas
incitari silentio,	être excités (s'exécuter) en silence,
et natura fert ut	et la nature porte (veut) que
extrema sonent graviter	les extrémités résonnent gravement
ex altera parte,	d'un côté,
acute autem	avec-un-son-aigu au contraire
ex altera.	de l'autre *côté*.
Ob quam causam	Pour laquelle cause
ille cursus summus cœli	ce cours (cercle) le plus élevé du ciel
stellifer,	*cercle* qui-porte-les étoiles,
cujus conversio	duquel la révolution
est excitatior,	est plus rapide,
movetur sono acuto	se meut avec un son aigu
et excitato;	et pressé;
hic autem,	celui-ci au contraire,
lunaris atque infimus,	lunaire et le plus bas,
gravissimo :	*se meut* avec *un son* très-grave :
nam terra, nona,	car la terre, la neuvième,
manens immobilis,	demeurant immobile,
hæret semper sede ima,	reste-fixée toujours à la place la plus basse,
complexa	embrassant (occupant)

mundi locum. Illi autem octo cursus, in quibus eadem vis est duorum[1], septem efficiunt distinctos intervallis sonos : qui numerus rerum omnium fere nodus[2] est. Quod docti homines nervis imitati atque cantibus, aperuere sibi reditum in hunc locum; sicut alii, qui præstantibus ingeniis in vita humana divina studia coluerunt. Hoc sonitu oppletæ, aures hominum obsurduerunt; nec est ullus hebetior sensus in vobis : sicut ubi Nilus ad illa, quæ Catadupa nominantur[3], præcipitat ex altissimis montibus, ea gens quæ illum locum accolit, propter magnitudinem sonitus, sensu audiendi caret[4]. Hic vero tantus est totius mundi incitatissima conversione sonitus, ut eum aures hominum capere non possint, sicut intueri solem adversum nequitis, ejusque radiis acies vestra sensusque vincitur. »

Hæc ego admirans, referebam tamen oculos ad terram identidem.

IX. Tum Africanus : « Sentio, inquit, te sedem etiam nunc hominum ac domum contemplari : quæ si tibi parva, ut est,

Les huit globes mobiles, parmi lesquels deux sont à l'octave, produisent sept tons sur des modes différents, et ce nombre est le nœud de toutes choses en général. Les hommes qui ont su imiter cette harmonie avec la lyre et la voix, se sont ouvert la route vers ces régions célestes, leur ancienne patrie, aussi bien que tous les nobles génies qui ont fait luire dans les ténèbres de la vie humaine les rayons de la lumière divine. Mais les oreilles des hommes, remplies de cette harmonie, ne savent plus l'entendre, et vous n'avez pas de sens plus imparfait, vous autres mortels. C'est ainsi qu'aux lieux où le Nil se précipite des plus hautes montagnes, près de ces Cataractes, comme vous les nommez, les peuplades voisines, assourdies par ce fracas terrible, ont perdu le pouvoir d'entendre. L'éclatant concert du monde entier dans sa rapide révolution est si prodigieux, que vos oreilles se ferment à cette harmonie, comme vos regards s'abaissent devant les feux du soleil, dont la lumière perçante vous éblouit et vous aveugle. »

J'écoutais dans l'extase, et cependant je reportais quelquefois mes regards sur la terre.

IX. « Je le vois, dit l'Africain, tu contemples encore la demeure et le séjour des hommes. Mais si la terre te semble petite,

locum medium mundi.	le lieu moyen (le milieu) du monde.
Illi autem octo cursus,	Mais ces huit cercles,
in quibus vis duorum	dans lesquels la force (le ton) de deux
est eadem,	est la même (est à l'octave),
efficiunt septem sonos	forment sept sons
distinctos intervallis :	distingués par des intervalles :
qui numerus est fere	lequel nombre est généralement
nodus omnium rerum.	le nœud de toutes choses.
Homines docti	Des hommes savants
imitati quod nervis	ayant imité ceci avec des cordes
atque cantibus,	et avec des chants,
aperuere sibi	ont ouvert à eux
reditum in hunc locum;	le retour dans ce lieu;
sicut alii, qui coluerunt	comme d'autres, qui ont cultivé
ingeniis præstantibus	à-l'aide-de-génies supérieurs
tudia divina	les études divines
vita humana.	dans (pendant) la vie humaine.
Aures hominum,	Les oreilles des hommes,
oppletæ hoc sonitu,	remplies de ce son,
obsurduerunt;	se sont assourdies;
et nullus sensus in vobis	et aucun sens dans vous
est hebetior :	*n*'est plus émoussé *que l'ouïe :*
icut ubi Nilus præcipitat	comme *là* où le Nil se précipite
x montibus altissimis	des montagnes les plus hautes
ad illa,	vers ces *lieux*
quæ nominantur Catadupa,	lesquels sont nommés Cataractes,
ea gens quæ accolit	cette nation qui habite-près-de
'llum locum,	cet endroit,
aret sensu audiendi,	manque du sens d'entendre (de l'ouïe),
ropter magnitudinem soni.	à cause de la grandeur du bruit.
'c vero sonitus	Mais ce bruit
undi totius	du monde entier
onversione incitatissima	dans *sa* révolution très-accélérée
t tantus,	est si grand,
t aures hominum	que les oreilles des hommes
on possint capere eum,	ne peuvent pas saisir lui,
'cut nequitis	comme vous ne pouvez pas
tueri solem adversum,	regarder le soleil opposé (en-face),
estraque acies atque sensus	et votre rayon *visuel* et *votre* sens
citur. »	est vaincu (est aveuglé). »
Ego admirans hæc,	Moi admirant ces choses,
ferebam tamen oculos	je reportais cependant les yeux
terram identidem.	vers la terre de-temps-à-autre.
IX. Tum Africanus :	IX. Alors *Scipion* l'Africain :
Sentio, inquit,	« Je vois, dit-il,
contemplari etiam nunc	toi contempler encore maintenant
em ac domum hominum:	le séjour et la demeure des hommes ;

ita videtur, hæc cœlestia semper spectato; illa humana contemnito. Tu enim quam celebritatem sermonis hominum, aut quam expetendam gloriam consequi potes? Vides habitari in terra raris et angustis in locis, et in ipsis quasi maculis ubi habitatur, vastas solitudines interjectas; hosque, qui incolunt terram, non modo interruptos ita esse ut nihil inter ipsos ab aliis ad alios manare possit, sed partim obliquos, partim transversos[1], partim etiam adversos stare vobis : a quibus exspectare gloriam certe nullam potestis.

X. « Cernis autem eamdem terram quasi quibusdam redimitam et circumdatam cingulis[2], e quibus duos maxime inter se diversos, et cœli verticibus[3] ipsis ex utraque parte subnixos, obriguisse pruina vides; medium autem illum et maximum solis ardore torreri[4]. Duo sunt habitabiles : quorum australis ille, in quo qui insistunt, adversa vobis urgent vestigia, nihil

comme elle l'est en effet, élève sans cesse tes yeux vers le ciel; méprise les choses d'en bas. Quelle renommée, quelle gloire digne de tes vœux peux-tu acquérir parmi les hommes? Tu vois quelles places rares et étroites sont habitées sur la terre, et quelles vastes solitudes séparent ces taches mêmes que forment les points habités. Les habitants de ce globe sont tellement isolés les uns des autres qu'ils ne peuvent communiquer entre eux; bien plus, tu vois combien ils vivent loin de vous, les uns sur les flancs de la terre, les autres en face, d'autres même sous vos pieds. Quelle gloire pouvez vous en attendre ?

X. « Tu vois ces zones qui paraissent envelopper et ceindre l terre; les deux d'entre elles qui sont aux extrémités du globe, e qui, de part et d'autre s'appuient sur les pôles du ciel, tu le vois couvertes de frimas; celle du milieu, la plus grande, es brûlée par les ardeurs du soleil. Deux sont habitables : la zon australe où se trouvent les peuples vos antipodes, et qui est tou

si quæ videtur tibi	si elle paraît à toi
ita parva ut est,	aussi petite qu'elle est,
spectato semper	regarde toujours
hæc cœlestia ;	ces *parvis* célestes ;
contemnito illa humana	méprise ces *demeures* des hommes
tu enim,	toi en effet,
quam celebritatem	quelle célébrité
sermonis hominum,	de la parole des hommes,
aut quam gloriam	ou quelle gloire
expetendam	devant-être-recherchée
potes consequi ?	peux-tu *y* atteindre (acquérir) ?
Vides habitari in terra	Tu vois être habité sur la terre
in locis raris et angustis,	dans des lieux rares et étroits,
et in maculis ipsis quasi	et dans les taches mêmes pour-ainsi-dire
ubi habitatur,	où on habite,
solitudines vastas	*tu vois* des solitudes vastes
interjectas ;	interposées ;
hosque,	et ceux,
qui incolunt terram,	qui habitent la terre,
non modo esse interruptos	non-seulement être séparés
ita ut nihil possit	tellement que rien ne peut
manare inter ipsos	circuler entre eux (communiquer)
b aliis ad alios,	des uns aux autres,
sed stare partim obliquos,	mais se tenir en partie sur-le-côté,
partim transversos,	en partie en travers,
partim etiam adversos vobis :	en partie même à-l'opposite de vous :
a quibus potestis certe	desquels vous *ne* pouvez certes
exspectare nullam gloriam.	attendre aucune gloire.
X. « Cernis autem	X. « Or tu vois
dem terram	*cette* même terre
uasi redimitam	comme ceinte
t circumdatam	et environnée
uibusdam cingulis ;	de certaines ceintures (zones) ;
e quibus vides duos	entre lesquelles tu vois les deux
maxime diversos inter se,	le plus opposées entre elles,
et subnixos ex utraque parte	et appuyées de l'un-et-l'autre côté
verticibus ipsis cœli,	aux pivots (pôles) mêmes du ciel,
obriguisse pruina ;	être durcies par la gelée ;
illum autem medium	mais celle-là du-milieu
et maximum	et la plus grande
torreri ardore solis.	être brûlée par l'ardeur du soleil.
Duo sunt habitabiles :	Deux sont habitables :
quorum ille australis,	desquelles celle-là-bas australe,
in quo qui insistunt,	dans laquelle ceux qui habitent,
urgent vestigia	poussent des pas (marchent)
adversa vobis,	opposés à vous (sont vos antipodes),
nihil ad vestrum genus ;	*n'ayant* rien *de commun* avec votre race ;

ad vestrum genus; hic autem alter subjectus aquiloni, quem incolitis, cerne quam tenui vos parte contingat. Omnis enim terra, quæ colitur a vobis, angusta verticibus, lateribus latior [1], parva quædam insula est, circumfusa illo mari quod Atlanticum, quod Magnum, quem Oceanum appellatis in terris : qui tamen tanto nomine quam sit parvus, vides. Ex his ipsis cultis notisque terris, num aut tuum aut cujusquam nostrum nomen vel Caucasum hunc, quem cernis, transcendere potuit, vel illum Gangem transnatare? Quis, in reliquis orientis aut obeuntis solis ultimis aut aquilonis austrive partibus, tuum nomen audiet [2]? Quibus amputatis, cernis profecto quantis in angustiis vestra gloria se dilatari velit. Ipsi autem, qui de vobis loquuntur, quam loquentur diu?

XI. « Quin etiam, si cupiat proles illa futurorum hominum deinceps laudes uniuscujusque nostrum a patribus acceptas posteris prodere, tamen propter eluviones exustionesque ter-

entière un monde étranger au vôtre, et celle où souffle l'aquilon, et que vous habitez; regarde, vous n'en couvrez encore qu'une bien faible partie. Toute cette région où vous êtes, étroite entre le nord et le midi, plus étendue entre l'orient et l'occident, forme une petite île, baignée par cette mer que vous appelez sur la terre l'Atlantique, la Grande Mer, l'Océan, et, malgré tous ces grands noms, tu vois quel pauvre océan cela fait. Mais au milieu même de ces terres fréquentées et connues, ton nom ou celui de quelqu'un de nous a-t-il jamais pu voler au delà de ce Caucase qui est sous tes yeux, ou franchir les flots du Gange? Aux extrémités du Levant ou du Couchant, aux derniers confins du Septentrion ou du Midi, quel homme entendra le nom de Scipion? Retranche toutes ces contrées, et juge dans quelles étroites limites votre gloire aspire à s'étendre. Ceux même qui parlent de vous, en parleront-ils longtemps?

XI. « Quand même les races futures perpétueraient à l'envi l'héritage de notre gloire à chacun de nous, les déluges et les embrasements qui doivent changer la face de la terre à des époques mar-

hic autem alter	mais cette autre
subjectus aquiloni,	placée-sous l'aquilon (septentrionale),
quam incolitis,	laquelle vous habitez,
cerne quam tenui parte	vois par *une* combien mince portion
contingat vos.	elle touche (appartient à) vous.
Omnis terra enim,	Toute la terre en effet,
quæ colitur a vobis,	laquelle est habitée par vous,
angusta verticibus,	étroite aux pôles,
latior lateribus,	plus large par les côtés,
est quædam insula parva,	est une-certaine île petite,
circumfusa illo mari,	environnée de cette mer,
quod appellatis in terris	laquelle vous appelez sur les terres
Atlanticum,	Atlantique,
quod Magnum,	laquelle *vous appelez* Grande *mer*,
quem Oceanum :	laquelle *vous appelez* Océan :
vides tamen quam qui	tu vois cependant combien lui (l'Océan)
sit parvus nomine tanto.	est petit avec un nom si grand.
Ex his terris ipsis	De ces terres mêmes
cultis notisque,	habitées et connues,
num aut tuum nomen	est-ce que ou ton nom
aut cujusquam nostrum	ou *celui* de quelqu'un de nous
potuit vel transcendere	a pu soit franchir
hunc Caucasum,	ce Caucase-*ci*,
quem cernis,	lequel tu vois,
vel transnatare	soit passer-à-la-nage (traverser)
illum Gangem ?	ce Gange *là-bas?*
Quis audiet tuum nomen,	Qui entendra ton nom,
in reliquis partibus ultimis	dans les autres parties dernières
solis orientis aut obeuntis	du soleil levant ou couchant
aut aquilonis austrive?	ou du septentrion ou du midi?
Quibus amputatis,	Lesquelles *parties* étant-retranchées,
cernis profecto	tu vois certainement
in quantis angustiis	dans quels espaces-étroits
vestra gloria	votre gloire
velit se dilatari.	veut être développée (s'étendre).
Ipsi autem,	Mais ceux-mêmes,
qui loquuntur de vobis,	qui parlent de vous,
quam diu loquentur?	combien-longtemps *en* parleront-ils?
XI. « Quin etiam,	XI. « Bien plus,
si illa proles hominum	si cette descendance des hommes
futurorum deinceps	devant être dans la suite
cupiat prodere posteris	désire transmettre à la postérité
laudes	les louanges
uniuscujusque nostrum	de chacun de nous
acceptas a patribus,	reçues de *leurs* pères,
tamen, propter eluviones	cependant, à cause des déluges
exustionesque terrarum,	et des embrasements de terres,

rarum, quas accidere tempore certo necesse est, non modo non æternam, sed ne diuturnam quidem gloriam assequi possumus. Quid autem interest, ab iis, qui postea nascentur, sermonem fore de te, quum ab iis nullus fuerit qui ante nati sint? qui nec pauciores, et certe meliores fuerunt viri : quum præsertim apud eos ipsos, a quibus audiri nomen nostrum potest, nemo unius anni memoriam consequi possit ?

XII. « Homines enim populariter[1] annum tantummodo solis, id est unius astri, reditu metiuntur : quum autem ad idem, unde semel profecta sunt, cuncta astra redierint, eamdemque totius cœli descriptionem longis intervallis retulerint, tum ille vere vertens annus appellari potest : in quo vix dicere audeo quam multa secula hominum teneantur. Namque ut olim deficere sol hominibus exstinguique visus est, quum Romuli animus hæc ipsa in templa penetravit, ita quandoque eadem parte sol

quées, empêcheraient cette gloire d'être, je ne dis pas éternelle, mais durable. Et que t'importe, d'ailleurs, d'être célèbre dans les siècles à venir, lorsque tu ne l'as pas été dans les temps écoulés, et par ces hommes tout aussi nombreux, et incomparablement meilleurs? Apprends enfin que, chez ceux même qui peuvent être informés de notre nom, nul mortel ne peut se flatter de fixer son souvenir une seule année entière.

XII. « Les hommes mesurent vulgairement l'année par la révolution du soleil, c'est-à-dire d'un seul astre ; mais lorsque tous les astres reviendront en concours au point d'où ils étaient partis, et ramèneront après de longs intervalles la même disposition de toutes les parties du ciel, alors cela pourra s'appeler une véritable année révolue : et j'ose à peine dire combien cette année renferme de vos siècles. Ainsi, le soleil disparut jadis aux yeux des hommes et sembla s'éteindre lorsque l'âme de Romulus pénétra dans nos temples célestes : hé bien, quand le soleil s'éclipsera de nouveau du même

quas accidere tempore certo	lesquels arriver à une époque certaine
est necesse,	est chose inévitable,
non possumus assequi	nous ne pouvons pas atteindre
gloriam	une gloire
non modo æternam,	non pas seulement éternelle,
sed ne quidem diurnam.	mais pas même d'un jour.
Quid autem interest	Mais qu'importe-t-il
sermonem fore de te	discours (mention) devoir être sur toi,
ab iis, qui nascentur postea,	par ceux qui naîtront après,
quum fuerit nullus	lorsqu'il aura été nul
ab iis qui sunt nati ante?	par ceux qui sont nés avant?
qui fuerunt nec pauciores	lesquels et furent non moins nombreux,
et certe	et *furent* certainement
viri meliores :	des hommes meilleurs :
quum præsertim	lorsque surtout
apud eos ipsos,	chez ceux mêmes,
a quibus nostrum nomen	par lesquels notre nom
potest audiri,	peut être entendu,
nemo potest consequi	personne ne peut atteindre (conquérir)
memoriam unius anni?	un souvenir d'une-seule année *entière?*
XII. « Homines enim	XII. « Les hommes en effet
metiuntur populariter	mesurent vulgairement
annum	l'année
reditu solis tantummodo,	par le retour du soleil seulement,
id est unius astri :	c'est-à-dire d'un seul astre :
quum autem cuncta astra	mais lorsque tous les astres
redierint ad idem,	seront revenus au même *point,*
unde sunt profecta semel,	d'où ils sont partis une fois,
retulerintque	et qu'ils auront ramené
eamdem descriptionem	la même distribution
cœli totius	du ciel entier
longis intervallis,	à de longs intervalles,
tum ille potest appellari	alors cette *année* peut être appelée
annus vere vertens;	l'année vraiment révolue;
in quo audeo vix dicere	dans laquelle j'ose à peine dire
quam multa	combien beaucoup
secula hominum	de siècles d'hommes
teneantur.	sont contenus.
Namque ut olim	Car de même que autrefois
sol visus est	le soleil sembla
deficere hominibus	manquer aux hommes
exstinguique,	et s'éteindre,
quum animus Romuli	lorsque l'âme de Romulus
penetravit	pénétra
in hæc templa ipsa,	dans ces temples mêmes,
ita, quandoque sol	de même, lorsque le soleil
defecerit iterum	aura manqué de nouveau

eodemque tempore iterum defecerit, tum signis omnibus ad idem principium stellisque revocatis, expletum annum habeto : hujus quidem anni nondum vicesimam partem scito esse conversam[1].

XIII. « Quocirca, si reditum in hunc locum desperaveris, in quo omnia sunt magnis et præstantibus viris, quanti tandem est ista hominum gloria, quæ pertinere vix ad unius anni partem exiguam potest? Igitur alte spectare si voles atque hanc sedem et æternam domum contueri, neque te sermonibus vulgi dederis, nec in præmiis humanis spem posueris rerum tuarum : suis te oportet illecebris ipsa virtus trahat ad verum decus. Quid de te alii loquantur, ipsi videant; sed loquentur tamen. Sermo autem omnis ille et angustiis cingitur iis regionum quas vides; nec unquam de ullo perennis fuit; et obruitur hominum interitu, et oblivione posteritatis exstinguitur. »

XIV. Quæ quum dixisset : « Ego vero, inquam, o Africane, si quidem bene meritis de patria quasi limes ad cœli aditum

côté du ciel et dans les mêmes conjonctures, toutes les planètes et toutes les étoiles se trouvant rappelées dans la même position, alors une année sera complète : or, sache que la vingtième partie de cette année-là n'est pas encore écoulée.

XIII. « C'est pourquoi, si tu désespères de revenir dans ce séjour, le but suprême des âmes grandes et nobles, qu'est-ce donc, enfin, que cette gloire humaine, qui peut à peine s'étendre à une petite fraction d'une seule année? Mais si tu veux porter tes regards en haut, et les fixer sur cette patrie éternelle, ne donne aucun empire sur toi aux discours du vulgaire; élève tes vœux au-dessus des récompenses humaines; que la vertu même, par ses seuls attraits, te conduise à la véritable gloire. C'est aux autres à savoir comment ils parleront de toi : ils en parleront sans doute; mais tous ces discours ne dépassent point les bornes étroites où votre monde est enclos ; ils n'ont jamais immortalisé un seul mortel ; ils périssent avec les hommes, et s'éteignent dans l'oubli de la postérité. »

XIV. Lorsqu'il eut ainsi parlé : « O Scipion Africain, lui dis-je, s'il est vrai que les services rendus à la patrie ouvrent les portes

eadem parte	du même côté
eodemque tempore,	et au même instant,
tum omnibus signis	alors tous les signes *célestes*
stellisque revocatis	et *toutes* les étoiles *étant*-ramenés
ad idem principium,	au même point-de-départ,
habeto annum expletum :	aie (regarde) l'année *comme* complète.
scito partem vicesimam	sache la partie vingtième
hujus anni quidem	de cette année vraiment
esse nondum conversam.	*n'*être pas encore révolue.
XIII. « Quocirca	XIII. « C'est pourquoi
ista gloria hominum	cette gloire des hommes
quæ potest vix pertinere	laquelle peut à peine s'étendre
ad partem exiguam	à la portion mince
unius anni,	d'une seule année,
quanti est tandem,	de quel *prix* est-elle enfin,
si desperaveris reditum	si tu as désespéré le (du) retour
in hunc locum,	dans ce lieu,
in quo omnia sunt	dans lequel toutes choses résident
viris magnis	pour les hommes grands
et præstantibus?	et superieurs?
Igitur si voles spectare alte	Donc si tu veux regarder en haut
atque contueri hanc sedem	et observer ce séjour
et domum æternam,	et *cette* demeure éternelle,
et non dederis te	et n'aie pas livré (ne livre pas) toi
sermonibus vulgi,	aux discours du vulgaire,
et non posueris	et n'aie pas placé (ne place pas)
spem tuarum rerum	l'espoir de tes affaires
in præmiis humanis :	dans les récompenses humaines :
oportet virtus ipsa	il faut que la vertu même
trahat te suis illecebris	entraîne-toi par ses *propres* charmes
ad decus verum.	à l'honneur véritable.
Alii videant ipsi	Que les autres voient (décident) eux-mêmes
quid loquantur de te;	ce qu'ils doivent-dire de toi;
sed loquentur tamen.	mais ils diront (en parleront) toutefois.
Omnis autem ille sermo	Mais tout ce discours
et cingitur iis angustiis	et est circonscrit par ces espaces-étroits
regionum quas vides;	des régions que tu vois;
et nunquam fuit perennis	et jamais il n'a été perpétuel
de ullo;	sur qui-que-ce-soit;
et obruitur	et il est étouffé
interitu hominum,	par la mort des hommes,
et exstinguitur	et il s'éteint
oblivione posteritatis. »	par l'oubli de la postérité. »
XIV. Quum dixisset quæ :	XIV. Comme il avait dit ces choses :
« Ego vero, inquam,	« Mais moi, disais-je,
o Africane,	ô *Scipion* l'Africain,
si quidem limes quasi	si à la vérité un sentier pour-ainsi-dire

patet, quanquam, a pueritia vestigiis ingressus patriis et tuis, decori vestro non defui ; nunc tamen, tanto præmio proposito, enitar multo vigilantius. » Et ille : « Tu vero enitere, et sic habeto, non esse te mortalem, sed corpus hoc : nec enim tu es quem forma ista declarat; sed mens cujusque, is est quisque, non ea figura quæ digito demonstrari potest. Deum te igitur scito esse : si quidem deus est qui viget, qui sentit, qui meminit, qui providet, qui tam regit et moderatur et movet id corpus, cui præpositus est, quam hunc mundum ille princeps Deus. Et ut mundum ex quadam parte mortalem ipse Deus æternus, sic fragile corpus animus sempiternus movet.

XV. « Nam quod semper movetur[1] æternum est; quod autem motum affert alicui, quodque ipsum agitatur aliunde, quando finem habet motus, vivendi finem habeat necesse est. Solum

du ciel, moi qui, depuis mon enfance, ai marché sur les traces de mon père et sur les vôtres, et qui n'ai pas manqué peut-être à cet héritage de gloire, je veux aujourd'hui, à la vue de ce prix sublime, redoubler de zèle et d'efforts. » — « Courage ! me dit il, et souviens-toi que si ton corps doit périr, toi, tu n'es pas mortel ; cette forme sensible, ce n'est pas toi ; ce qui fait l'homme, c'est l'âme, et non cette figure que l'on peut montrer du doigt. Sache donc que tu es dieu ; car il est dieu, celui qui a la force d'action, qui sent, qui se souvient, qui prévoit, qui gouverne, régit et meut ce corps dont il est le maître, comme le Dieu suprême gouverne ce monde. Semblable à ce Dieu éternel qui meut le monde en partie corruptible, l'âme immortelle meut le corps périssable.

XV. « Ce qui se meut toujours est éternel; mais ce qui ne communique le mouvement qu'après l'avoir reçu, dès qu'il cesse de se mouvoir, doit infailliblement cesser de vivre. L'être qui se meut de lui-

patet ad aditum cœli
bene meritis de patria,
quanquam,
a pueritia ingressus
vestigiis patriis, et tuis,
non defui vestro decori;
nunc tamen
enitar multo vigilantius,
præmio tanto proposito. »
Et ille :
« Tu vero enitere,
et habeto sic,
te non esse mortalem,
sed hoc corpus,
etenim tu non es
quem ista forma declarat;
sed mens cujusque,
is quisque est,
non ea figura
quæ potest
demonstrari digito.
Scito igitur te esse deum :
si quidem qui viget,
qui sentit,
qui providet,
qui regit et moderatur
et movet id corpus,
cui præpositus est,
tam quam ille Deus princeps
hunc mundum,
est deus.
Et ut Deus æternus ipse
movet mundum
mortalem ex quadam parte,
sic animus sempiternus
corpus fragile.
XV. « Nam,
quod movetur semper
est æternum;
est autem necesse
quod affert
motum alicui,
quodque ipsum
agitatur aliunde,
habeat finem vivendi,
quando habet finem motus.
Igitur solum quod movet sese

est ouvert pour l'accès du ciel
à ceux qui ont bien mérité de la patrie,
quoique,
dès l'enfance ayant marché
sur les traces paternelles, et sur les tiennes,
je n'aie pas failli à votre gloire,
maintenant cependant
je m'efforcerai beaucoup plus activement,
un prix si grand *m'*étant proposé. »
Et lui :
« Oui toi efforce-toi,
et aie ainsi (et sois convaincu de ceci),
toi ne pas être mortel,
mais ce corps *être mortel*,
et en effet toi tu n'es pas
celui que cette forme montre (indique);
mais *telle est* l'âme de chacun,
tel chacun est,
et non cette figure
qui peut
être montrée du doigt.
Sache donc toi être dieu :
si vraiment celui qui a-vie,
qui sent,
qui prévoit,
qui régit et gouverne
et meut ce corps,
auquel il a été préposé,
autant que ce Dieu souverain
gouverne ce monde,
est dieu.
Et comme *ce* Dieu éternel lui-même
meut le monde
mortel en une certaine partie
ainsi l'âme éternelle
meut un corps fragile.
XV. « En effet,
ce qui se meut toujours
est éternel;
mais il est nécessaire
que ce qui apporte (donne)
le mouvement à quelque *chose*,
et qui lui-même
est agité (mû) d'autre part,
ait cessation de vivre,
quand il a cessation de mouvement.
Donc *cela* seul qui meut soi-même

igitur quod sese movet[1], quia nunquam deseritur a se, nunquam ne moveri quidem desinit. Quin etiam ceteris, quæ moventur, hic fons, hoc principium est movendi. Principio autem nulla est origo : nam ex principio oriuntur omnia ; ipsum autem nulla ex re alia nasci potest : nec enim id esset principium quod gigneretur aliunde. Quod si nunquam oritur, ne occidit quidem unquam. Nam principium exstinctum, nec ipsum ab alio renascetur, nec ex se aliud creabit : siquidem necesse est a principio oriri omnia. Ita fit ut motus principium ex eo sit quod ipsum a se movetur. Id autem nec nasci potest, nec mori ; vel concidat omne cœlum, omnisque natura consistat necesse est, nec vim ullam nanciscatur qua a primo impulsa moveatur. Quum pateat igitur, æternum id esse quod a se ipso moveatur, quis est qui hanc naturam animis esse tributam neget? Inanimum est enim omne quod pulsu agitatur externo ;

même est donc le seul qui ne cesse jamais de se mouvoir, parce qu'il ne s'abandonne jamais lui-même ; de plus, il est pour tous les autres êtres qui se meuvent la source et le principe du mouvement. Or, un principe n'a pas d'origine ; car c'est du principe que tout dérive, et il ne peut lui-même avoir aucun générateur ; car s'il était produit, il ne serait pas principe. S'il n'a point d'origine, il ne doit pas avoir de fin ; car un principe détruit ne pourrait être reproduit par un autre, ni faire sortir de lui-même un autre principe, puisqu'il faut que le principe préexiste à tout ce qui est produit. Ainsi le principe du mouvement est dans l'être qui se meut lui-même. Or, un tel être ne peut avoir ni commencement ni fin ; sinon il faut que tout le ciel s'écroule, que toute la nature s'arrête, sans retrouver une force motrice qui lui rende sa première impulsion. Si donc il est évident que l'être qui se meut lui-même est éternel, niera-t-on que cette faculté de se mouvoir soi-même ne soit un attribut de l'âme? En effet l'être qui reçoit l'impulsion du dehors est inanimé ;

desinit nunquam	ne cesse jamais
ne quidem moveri,	pas même de se mouvoir,
quia non deseritur unquam	parce qu'il n'est abandonné jamais
a se.	par lui-même.
Quin etiam,	Bien plus,
hic est fons,	c'est la source,
hoc principium	c'*est* le principe
movendi	de mouvoir (du mouvement)
ceteris, quæ moventur.	pour tous les autres *êtres* qui se meuvent.
Nulla autem origo	Or aucune origine
est principio:	*n*'est au principe:
nam omnia oriuntur	car toutes choses naissent
ex principio,	du principe;
ipsum autem potest	or lui-même il *ne* peut
nasci ex nulla re alia:	naître d'aucune chose autre (étrangère).
etenim	et en effet
id quod gigneretur aliunde	ce qui serait engendré d'ailleurs
non esset principium.	ne serait pas principe.
Si quod oritur nunquam,	Si celui-ci ne naît jamais,
ne occidit quidem unquam.	il ne meurt certes jamais.
Nam principium exstinctum	Car le principe détruit,
et non renascetur ipsum	et ne renaîtra pas lui-même
ab alio,	d'un autre,
et non creabit alium ex se:	et ne créera pas un autre de soi,
siquidem est necesse	puisqu'il est nécessaire
omnia oriri a principio.	toutes choses naître du principe.
Ita fit ut	Ainsi il résulte que
principium motus	le principe du mouvement
sit ex eo	est de cela (repose dans cela)
quod movetur ipsum a se.	qui est mû lui-même par soi-même.
Id autem potest	Or cela *ne* peut
nec nasci, nec mori;	ni naître ni mourir;
vel est necesse	ou il est nécessaire
omne cœlum concidat,	que tout le ciel tombe-à-la-fois,
omnisque natura consistat,	et que toute la nature s'arrête,
et non nanciscatur ullam vim	et ne retrouve pas une force
qua impulsa a primo	par laquelle poussée en premier
moveatur.	elle soit mue.
Igitur quum pateat	Donc comme il est évident
id quod moveatur a se ipso	cela qui se meut par soi-même
esse æternum,	être éternel,
quis est qui neget	qui est-ce qui nierait
hanc naturam	cette nature (faculté)
tributam esse animis?	avoir été accordée aux âmes?
Omne enim quod agitatur	Toute chose en effet qui est mue
pulsu externo	par une impulsion externe
est inanimum;	est inanimée;

quod autem animal est, id motu cietur interiore et suo : nam hæc est natura propria animi atque vis. Quæ si est una ex omnibus, quæ se ipsa semper moveat, neque nata certe est, et æterna est.

XVI. « Hanc tu exerce in optimis rebus. Sunt autem optimæ curæ de salute patriæ : quibus agitatus et exercitatus, animus velocius in hanc sedem et domum suam pervolabit. Idque ocius faciet, si jam tum, quum erit inclusus in corpore, eminebit foras, et ea quæ extra erunt, contemplans, quam maxime se a corpore abstrahet. Nam eorum animi qui se corporis voluptatibus dediderunt, earumque se quasi ministros præbuerunt, impulsuque libidinum voluptatibus obedientium [1], deorum et hominum jura violaverunt ; corporibus elapsi, circum terram ipsam volutantur ; nec hunc in locum, nisi multis exagitati seculis, revertuntur [2]. »

Ille discessit ; ego somno solutus sum.

mais l'être animé se meut par une force intérieure, qui lui est propre : telle est la vertu particulière, telle est l'essence de l'âme. Si donc, entre tous les êtres, l'âme seule se meut toujours elle-même, il est certain qu'elle n'a pas eu d'origine, et qu'elle est éternelle.

XVI. « Exerce-la, cette âme, aux fonctions les plus excellentes. Or, au premier rang sont les travaux pour le salut de la patrie. Accoutumée à ce noble exercice, l'âme s'envolera plus rapidement vers sa demeure céleste ; elle y sera portée d'autant plus vite qu'elle aura commencé, dans la prison du corps, à prendre son élan, et, par de sublimes aspirations, à se détacher autant qu'il est en elle de son enveloppe terrestre. Mais les âmes de ces hommes qui, asservis aux plaisirs des sens dont ils se sont faits comme les ministres, et dociles à la voix des passions, ces vassales des plaisirs, ont violé toutes les lois divines et humaines ; une fois dégagées du corps, elles errent misérablement autour de la terre, et ne reviennent dans ce séjour qu'après une expiation de plusieurs siècles. »

Le héros disparut ; moi, je m'éveillai.

id autem quod cietur
motu interiore et suo,
est animal :
nam hæc est
natura propria atque vis
animi.
Si quæ est una ex omnibus,
quæ ipsa moveat semper se,
certe et est non nata,
et est æterna.

XVI. « Tu exerce hanc
in rebus optimis.
Curæ autem
de salute patriæ
sunt optimæ :
animus,
agitatus
et exercitatus quibus,
pervolabit velocius
in hanc sedem
et domum suam.
Facietque id ocius,
si jam tum quum erit
inclusum in corpore,
eminebit foras,
et contemplans ea
quæ erunt extra,
abstrahet se a corpore
quam maxime.
Nam animi eorum
qui dediderunt se
voluptatibus corporis,
præbueruntque se
quasi ministros earum,
impulsuque libidinum
obedientium voluptatibus,
violaverunt
jura deorum et hominum ;
elapsi corporibus,
volutantur
circa terram ipsam ;
et non revertuntur
in hunc locum,
nisi exagitati
multis seculis. »

Ille discessit ;
ego solutus sum somno.

mais cela qui est mû
d'un mouvement interne et sien,
est un être-animé :
car telle est
la nature propre et la puissance
de l'âme.
Si elle est la seule de toutes *choses*,
qui elle-même meuve toujours soi,
certainement et elle n'est pas née,
et elle est éternelle.

XVI. « Toi exerce elle (cette âme)
dans les choses les meilleures.
Or les travaux
sur (pour) le salut de la patrie
sont les meilleurs :
l'âme,
mue-souvent
et exercée par eux,
arrivera-en-volant plus rapidement
dans ce séjour
et *cette* demeure sienne.
Et elle fera cela plus vite,
si déjà alors qu'elle sera
enfermée dans le corps,
elle s'élance dehors,
et contemplant ces choses
qui seront au delà (de sa prison),
elle éloigne elle du corps
le plus possible.
Car les âmes de ceux
qui ont abandonné eux
aux voluptés du corps,
et ont montré eux
comme les ministres d'elles,
et, par l'impulsion des passions
qui obéissent aux voluptés,
ont violé
les droits des dieux et des hommes ;
ces âmes échappées des corps,
tourbillonnent
autour de la terre même ;
et elles ne reviennent pas
dans ce lieu,
si ce n'est ayant été tourmentées
pendant beaucoup de siècles. »

Lui s'éloigna ;
moi je fus interrompu du sommeil.

NOTES.

Page 4. — 1. C'est Publius Cornélius Scipion Emilien qui parle. Il était fils de Paul-Émile, et petit-fils par adoption de Scipion l'Africain, dit vulgairement *le premier Africain*. Après la ruine de Numance, Scipion Émilien reçut les surnoms de *second Africain* et de *Numantin*.

— 2. M'. Manilius Népos fut consul l'an 605 de la fondation de Rome. Il eut pour collègue L. Marcius Censorinus.

— 3. Massinissa, roi de Massylie en Numidie, avait suivi le parti de Carthage, au commencement de la seconde guerre punique. Mais *le premier Africain* lui ayant renvoyé sans rançon un de ses neveux, il fut tellement touché de cette générosité, qu'il s'attacha désormais aux Romains. Il resta toujours depuis leur allié fidèle, contribua beaucoup au gain de la bataille de Zama, et reçut en récompense les États de Syphax, roi des Massyles, et une partie du territoire de Carthage.

— 4. *Reliqui cœlites*. Il s'agit des étoiles, et surtout des planètes; il est souvent question des astres considérés comme dieux dans les *Institutions divines* de Lactance, dans le *Timée* de Platon, et dans le traité *De la Nature des Dieux* de notre auteur.

— 5. *Invictissimi viri*. Massinissa fait allusion au *premier Africain*.

Page 6. — 1. *Et de via*. Traduisez comme s'il y avait *propter viam, à cause de la route*. Presque toutes les anciennes éditions portent *fessum de via, fatigué de la route;* mais il ne faut pas perdre de vue que Cicéron, dans son traité de la *République*, dont le *Songe de Scipion* n'est qu'un fragment, affecte l'emploi des vieilles tournures et des vieux mots pour donner à toute la scène un air d'antiquité. Or, *de via* est bien plus dans le génie de la vieille langue latine que *fessum de via*. On lit dans les *Académ.*, I, 1 : *Nisi de via fessus esset;* une réminiscence de ce passage aura donné lieu d'abord à la glose *fessum de via*, et plus tard, de commentateur en scoliaste, la glose a fini par s'incorporer dans le texte lui-même.

— 2. *Tale quale de Homero scribit Ennius.* Ennius décrit ce rêve en entier dans le premier livre des *Annales de la République.* Le poëte raconte qu'il lui avait semblé voir l'âme du divin Homère passer dans son corps, et lui promettre qu'il serait un second Homère égal au premier : on pourrait lui reprocher qu'il n'a pas tenu parole, n'était le proverbe « Songe, mensonge. » Le premier vers de cette description est devenu célèbre : *In somnis mihi visus Homerus adesse poeta.* Cicéron cite la fin de cet hexamètre, *visus Homerus adesse poeta,* comme une chute admirable, *Académ.*, IV, 16. Lucrèce fait évidemment allusion au rêve d'Ennius, quand il dit, I, 125 :

Unde sibi exortam semper florentis Homeri
Commemorat speciem lacrumas et fundere salsas
Cœpisse, et rerum naturam expandere dictis.

Horace dit aussi, à ce sujet, *Épître*. II, 1, 50 :

Ennius, et sapiens et fortis, et alter Homerus,

mais les vers suivants :

Ut critici dicunt, leviter curare videtur,
Quo promissa cadant et somnia Pythagorea

prouveraient assez qu'il croyait peu à la vision et au génie homérique d'Ennius.

Voy. Perse, 6, 10.

— 3. *Africanus.* Il s'agit du *premier Africain.*

— 4. *Erat notior.* Scipion Émilien ne pouvait guère connaître autrement son aïeul adoptif, puisqu'il ne vint au monde que l'an 569 de la fondation de Rome, c'est-à-dire, l'année même où mourut *le premier Africain.*

— 5. *Ades, inquit, animo.* Dans son acception rigoureuse *adesse animo* signifie : être attentif, écouter. Mais ici on doit le traduire par : *conserver son sang-froid, se posséder.* C'est dans ce dernier sens que l'Orateur a dit dans la harangue *Pro Milone,* 2 : « Quam ob rem *adeste animi*, judices, et timorem, si quem habetis, deponite ».

Page 8. — 1. *Et claro quodam loco.* Ces mots désignent la *voie lactée.*

— 2. *Hanc hoc biennio consul evertes.* Scipion fut en effet consul deux ans après cette prédiction ; mais il ne renversa Carthage que la troisième année.

— 3. *Et obieris legatus.* Il y a dans notre vocabulaire politique une expression qui rendrait avec assez de bonheur l'idée de *legatus*, c'est notre *chargé d'une mission*. Le mot *lieutenant* dont nous nous sommes servi, à regret, dans notre traduction, ne nous paraît pas aussi heureux : de quoi s'agit-il en effet ? d'une mission toute diplomatique. P. Scipion Émilien, au rapport de Justin, liv. XXXVIII, fut envoyé avec Sp. Mummius et L. Métellus pour sonder les dispositions des rois, des cités et des peuples, avant d'entreprendre la quatrième série des guerres que les Romains allaient diriger contre l'Espagne. Simson, *Chronicon*, t. VI, p. 24, édit. d'Oxford, en plaçant cette mission de Scipion l'an 624 de la fondation de Rome, a donc fait un grossier anachronisme.

— 4. *Numantiam exscindes.* Numance, *Numantia*, aujourd'hui *Garray*, fameuse ville d'Hispanie, chez les Arévaques, près des sources du Durius (Duero), formait à elle seule un petit État. Elle fut le centre de la résistance de l'Espagne aux Romains ; en 616 de la fondation de Rome, elle imposa au consul C. Hostilius Mancinus un traité honteux, que Rome s'empressa de violer. Enfin, en 619, Scipion Émilien fut chargé de la guerre contre les Numantins, et il l'acheva par la ruine de Numance en 620, quatorze ans après la prise de Carthage. Tout a été dit sur l'héroïque défense des Numantins qui s'ensevelirent sous les décombres de leur cité, après avoir mis le feu à toutes leurs richesses, plutôt que de se rendre.

— 5. Il s'agit de Tibérius Sempronius Gracchus, l'aîné des Gracques, fils de Tibérius Sempronius Gracchus et de l'illustre Cornélie, fille du *premier Africain*. Élu tribun du peuple en 620, il fit passer une loi agraire, distribua entre les citoyens pauvres les richesses qu'Attale, roi de Pergame, avait léguées en mourant au peuple romain, et s'attira ainsi la faveur populaire. Mais le sénat, craignant son influence, le fit assassiner au milieu de ses partisans au bout de l'année.

— 6. *Solis anfractus reditusque.* Par ces mots, dit Vinet, il faut entendre l'année elle-même ; *anfractus* est à proprement parler le cercle oblique du zodiaque, autour duquel le soleil exécute son mouvement circulaire en 365 jours. Quant à *reditus*, Macrobe l'explique ainsi (*In Somn. Scip.* I, 5, sq.) : *Reditum vero, quia eadem signa per annos singulos certa lege sol metitur. Reditus* ne signifie donc pas, comme on pourrait le croire, que le soleil revient sur lui-même, mais que chaque année, par une loi constante, il traverse les mêmes signes. Or, quand Scipion mourut, il était âgé de cinquante-six ans, ce qui coïncide parfaitement avec les explications précédentes.

Page 10. — 1. *Quorum uterque plenus.* L'Orateur caresse en passant les idées populaires, quand il fait dire à Scipion que sept et huit sont des nombres parfaits : c'était un des caractères de l'*école italique*, de tout expliquer par les nombres et les rapports numériques. La considération assidue des rapports mathématiques avait conduit Pythagore, le chef de cette école, à un système universel, dans lequel il donne les nombres pour principe des choses : les nombres ont eux-mêmes pour principe l'unité ou la monade; les dix premiers nombres ont chacun des vertus merveilleuses, surtout le nombre dix ou la décade. Dieu est l'unité absolue et primordiale, la monade des monades; l'âme est un nombre qui se meut lui-même; le monde est un tout harmonieusement ordonné (*κόσμος*, *mundus*); le soleil en est le centre, et les autres corps célestes se meuvent autour de lui en formant une musique divine. Le bien moral est l'unité, le mal la diversité; la justice est l'égalité.

Maintenant veut-on savoir ce qui constituait chez les anciens un nombre parfait, *plenus numerus*, *τέλεος ἀριθμός*, il faudrait commencer par mettre d'accord toutes les assertions contradictoires des philosophes. Le commentaire de Macrobe lui-même, I, 6, tourne autour de la question plutôt qu'il ne la résout. Cependant il semblerait résulter de ses explications, que *huit* est un nombre parfait parce que deux fois le carré de deux donne pour produit *huit*, et que *huit* compose un corps solide, c'est-à-dire un *cube*. Quant au nombre *sept*, il apparaît si souvent dans la tradition profane et dans la tradition sacrée, il joue un si grand rôle dans les puérilités astrologiques de toutes les nations, qu'il devait figurer naturellement parmi les nombres parfaits. Macrobe lui attribue des vertus toutes particulières, vertus qu'il tire et de son essence même et des parties dont il se compose [1], comme l'indique ce passage : *Tot virtutibus insignitus septenarius, quas vel de partibus suis mutuatur vel totus exercet, jure plenus et habetur et dicitur.*

— 2. On croit que Scipion Émilien fut empoisonné par Sempronie, sa femme, sœur des Gracques, et par C. Gracchus lui-même. Le mouvement de la phrase latine, *dictator rempublicam constituas oportet, si impias propinquorum manus effugeris,* nous semble avoir inspiré celui de Virgile, *Æn.*, VI, 883 :

> Si qua fata aspera rumpas,
> Tu Marcellus eris.

— 3. C. Lélius Népos, Romain célèbre, que le surnom de Sage a moins illustré que l'amitié de Scipion. Voy. *De la République*, traduction nouvelle, par J.-V. Le Clerc, *Préface*, page 10 (t. XXXII, seconde édition, 1826) ; *De Republica*, I, XII, 38 et 40, *ibid.*; le *Brutus*, c. 21. Lélius accompagna le *second Africain* au siége de Carthage, fut, à son retour, chargé de faire la guerre en Lusitanie où il obtint quelques avantages sur Viriathe, et fut nommé consul l'an 140 av. J. C. Ami des lettres, il cultiva Pacuvius et Térence. Ciceron a donné le nom de *Lélius* à son traité sur l'*Amitié*.

— 4. Les autres interlocuteurs de Scipion étaient : Q. Tubéron, son neveu, partisan du stoïcisme ; L. Furius Philus, consul en 618 ; P. Rutilius Rufus, très-jeune alors, et qui mérita depuis d'être comparé à Socrate par sa condamnation et par ses vertus ; Spurius Mummius, frère de Mummius *Achaïcus*, le destructeur de Corinthe ; C. Fannius et Q. Scévola, gendres de Lélius, jeunes gens instruits, qui avaient atteint l'âge de la questure, les mêmes qui figurent au discours de Cicéron *sur l'Amitié;* M'. Manilius, consul en 605, un des hommes les plus éclairés de ce temps, et l'un des fondateurs de la jurisprudence romaine. Voy. *De Republica*, I, IX, X, XI, XII ; Hülsemann, *ad Academ.*, page 550 et suiv.; Appien, *Hispan.*, c. 88

— 5. *Et parumper audite cetera.* Ce passage a donné lieu à mille

[1] Voyez la note 2 de la page 22.

controverses. Les uns voudraient qu'on lût : *et parum rebus; audite cetera*, version inintelligible. D'autres lisent : *et pax sit rebus*, à l'imitation du traducteur grec Théodore Gaza, ἀλλ' εἰρήνη ἤτω τοῖς πράγμασιν. On lit dans Gronovius : *et, per avum, de his audite cetera;* dans Grévius : *Pax! verum audite cetera*, qui convient mieux au genre de la comédie qu'au style oratoire; dans Jean Le Clerc : *ne me e somno excitetis his pavoribus*. Bref, on ferait un volume de citations contradictoires, avant d'épuiser la nomenclature. Buhérius, dans son excellent ouvrage sur Cicéron, *Animadv. in Cic.*, page 484, s'est décidé pour *parumper audite cetera;* cette conjecture nous paraît la plus vraisemblable, pour ne pas dire la seule vraie. *Parumper* a l'avantage de conserver sans altération les lettres originales des anciens palimpsestes, outre qu'il se prête bien mieux au sens. Ainsi Plaute, dans sa comédie de l'*Aululaire*, II, 2, 22, fait dire à un de ses personnages : *Da mihi operam* parumper : *paucis, Euclio, est quod te volo*. D'ailleurs, et ceci est concluant, *audite cetera* ne peut guère se passer d'une copule modificative, et *parumper* le lie naturellement à ce qui précède.

— 6. *Habeto* pour *teneto, scito*.

Page 12. — 1. Cicéron revient avec prédilection sur cette pensée, qu'il a déjà développée, *De Republica*, I, XXV : *Populus... cœtus multitudinis juris consensu et utilitatis communione sociatus*.

— 2. *Tanquam e carcere, evolaverunt*. C'est ainsi que notre auteur a déjà dit, dans son discours *Sur l'Amitié*, 4 : *Ut optimi cujusque animus facillime evolet, tanquam e* custodia vinculis*que corporis*. Au reste, tout ce passage, comme beaucoup d'autres où il est question de l'immortalité de l'âme, n'est qu'une heureuse réminiscence des doctrines de Socrate. Voici comment s'exprime à ce sujet le savant Olivarius : *Hæc sunt plane socratica. Ipse Socrates in Phædone Platonis, bibiturus cicutam, inter alia, quæ de anima disputavit, illud adduxit, corpus animi esse carcerem : agere in eo animum dixit non sponte, sed vi quadam : non esse locum illum animi naturalem, sed puriorem, videlicet cœlum; mortem solutionem esse a corpore et reditum ad cœlestia*. Socrate, dans Platon, appelle le corps δέσμα et δεσμωτήριον. Sénèque emploie les mêmes expressions, dans les *Consolations* *à Helvia : Corpusculum hoc*, custodia *et* vinculum *animi*, *huc atque illuc jactatur.*

— 3. *Quin hinc ad vos venire propero?* Scipion Émilien, à l'exemple de Caton le Censeur, professait ouvertement la doctrine austère des stoïciens, qui regardaient comme un droit, quelquefois même comme un devoir, de quitter la vie, *εὐλόγῳ ἐξαγωγῇ*.

Page 14. — 1. *Cujus hoc templum.* Festus définit *Templum* : « un lieu que l'on peut voir dans tous les sens, ou bien d'où l'on peut voir de tous les côtés. » On l'a d'abord appliqué au ciel tout entier, puis à un espace découvert du ciel, designé et consacré, où les augures *contemplaient* le vol des oiseaux, puis enfin aux lieux consacrés à la Divinité, aux *temples*. Cicéron fait dire plus bas (VII), au *premier Africain* : *quæ in templa veneris.* Ennius l'a employé dans le même sens, ap. Varr. *Templum magnum Jovis;* on lit aussi dans *l'Eunuque* de Térence, III, v, 42, *Templa cœli summa.*

— 2. *In parentibus* pour *in* ou *erga parentes.* Virg. *Æn.,* II, 541 : *in Priamo* pour *in Priamum.*

Page 16. — 1. Scipion reprend ici la parole, et l'on ne sait plus ce que devient son père. D'Olivet.

— 2. *Orbem lacteum nuncupatis.* Les anciens philosophes, trop souvent épris du merveilleux, peu versés d'ailleurs dans les sciences exactes et privés des ressources de l'optique, ont débité mille fables extravagantes sur cet espace blanchâtre du ciel que les Grecs appelaient *γαλαξίαν*, et les Latins *lacteam viam.* Voyez Macrobe, *In Somn. Scip.* I, 12, 15; M. Manilius, *Astronomicon,* I, 748 ; et les fragments de Proclus Diadochus sur la *République.* Ovide s'est inspiré de ce passage : *Metamorph.,* I, 168, sqq. :

> Est via sublimis, cœlo manifesta sereno,
> Lactea nomen habet, candore notabilis ipso,
> Hac iter est Superis ad magni tecta Tonantis.

— 3. *Erat illa minima.* C'est de la lune qu'il s'agit. Il en est encore question, mais en d'autres termes, à la fin de ce chapitre. Voy. Cicér., *de Divinatione,* II, 43.

— 4. *Pœniteret* pour *puderet,* comme on l'emploie souvent. —Voy.

Sénèque, préface des *Questions naturelles*, sur le volume de la terre comparé à celui des étoiles fixes.

Page 18. — 1. *Deinde est hominum.* Priscien a reproduit textuellement les mêmes expressions jusqu'à *ille,* VI, 693.

Page 20. — 1. Her l'Arménien s'exprime ainsi dans la *République* de Platon, X, 12, *Pensées,* page 127 : « A la cime de chaque cercle est assise une sirène qui l'accompagne dans l'immensité, et qui ne varie point le ton de sa voix ; mais de ces huit voix mélodieuses il se forme de célestes accords. A des distances égales, règnent sur un trône les trois filles de la Nécessité, les Parques, vêtues de blanc, la tête ceinte d'une couronne. Elles chantent, en s'unissant aux concerts des sirènes, Lachésis le passé, Clotho le présent, Atropos l'avenir. Elles agitent toutes les trois à leur tour le fuseau de leur mère : Clotho, de la main droite, en touche l'extérieur par intervalles ; Atropos, de la gauche, en presse les cercles intérieurs ; et Lachésis, avec les deux mains, le fait mouvoir tout entier. » J.-V. Le Clerc.

— 2. *Stellifer circulus.* On lit dans toutes les éditions *stellifer cursus* : nous nous étonnons que des savants aient pu adopter cette version, qui présente un sens impossible. Qu'est-ce, en effet, que *cursus cujus conversio movetur sono?* Macrobe lui-même, tout en expliquant ce passage, n'a pas cru devoir conserver *cursus*, mais il y a substitué *orbis*, comme le mot qui rendait le mieux la pensée de l'auteur et la sienne, II, 4 : *Ergo et superiores* orbes *propter ipsam concitatiorem conversionem, acute et excitato moventur sono.... Ergo* orbis *altissimus, et ut in immensum patens, incitatus sonorum de se acumen emittit.* Marcien Capella dit encore plus expressément, sur le même sujet, VIII, p. 280 : *Duos jam superesse* circulos *dubium non habetur : quorum unus signifer,* etc.

— 3. *Gravissimo.* Cicéron, d'après le système de Pythagore, compare ici les mouvements des sept planètes et de l'orbe des étoiles fixes aux vibrations ou ébranlements des huit cordes qui composaient l'ancien instrument appelé *octacorde,* formé de deux *tétracordes* disjoints, ou de huit cordes en tout, qui, dans le genre diatonique, rendaient ces huit sons de notre musique, *mi, fa, sol, la, si, ut, ré, mi* : en sorte que la lune, la plus *basse* des planètes, répond au *mi,* le plus *grave* des huit sons, *gravissimo, infimus;* Mercure au *fa;* Vénus, au *sol;* le Soleil, au *la;* Mars, au *si;* Jupiter, à l'*ut;* Saturne, au *ré,* et l'orbe des étoiles, qui est le plus élevé de tous, au *mi*, le son le plus aigu, *summus stellifer circulus, acuto,* et faisant l'octave avec le plus grave.

Page 22. — 1. *Eadem vis est duorum.* Quelques traducteurs ont voulu voir dans ces deux mots, *eadem vis*, les révolutions de deux astres, si peu inégales entre elles qu'elles pussent répondre aux vibrations de deux cordes de l'*octacorde* montées *à l'unisson*, ὁμόφωνοι; mais s'ils avaient eu quelques notions de musique, ils auraient su que l'*unisson* n'est point un accord. D'ailleurs, cette interprétation détruirait tout le système astronomique développé dans le *Songe de Scipion :* car alors le système des astres ne répondrait plus à l'*octacorde,* mais à l'*heptacorde*, composé seulement de six accords ou intervalles, et destitué totalement de l'*octave,* qui est pourtant le complément nécessaire du système harmonique. Il est donc bien plus probable que Cicéron, fidèle au système de Pythagore, a employé *eadem vis* pour signifier les révolutions de deux astres, dont l'une fût une fois plus rapide que l'autre, et qui par là répondissent aux vibrations des deux cordes extrêmes de l'*octacorde*, c'est-à-dire des deux *mi,* qui sont *à l'octave* l'un de l'autre, διὰ πασῶν. C'est évidemment dans ce dernier sens qu'on doit prendre *eadem vis est duorum;* alors tous les accords principaux se trouvent employés dans la comparaison.

— 2. *Omnium fere nodus.* Selon Pythagore et Archytas de Tarente, le nombre *septénaire* est le *nœud* de toutes choses, parce qu'il se compose de trois et de quatre : de trois, nombre sans lequel on ne peut embrasser la *surface*, de quatre, nombre sans lequel on ne peut embrasser le *cube;* et que la *surface* et le *cube* sont les éléments, les formes primordiales et, par conséquent, le *nœud* de tout ce qui est.

— 3. *Catadupa nominantur.* En grec κατάδουπα, vulgairement en latin *cataractæ.* Je ne sais s'il n'est pas mieux de l'écrire à la grecque, comme ici.

— 4. *Sensu audiendi caret.* Sénèque a dit, en parlant des Cataractes, *Quest. naturelles,* IV, 2, *Obtusis assiduo fragore auribus.* On trouve la même observation dans Pline, *Hist. natur.*, V, 9 ; dans Vitruve, VIII, 2 ; dans Ammien Marcellin, XXII, 34.

Page 24. — 1. *Partim transversos.* La ligne *transversale* diffère de la ligne *oblique*, en ce que celle-ci forme un angle aigu, et celle-là un angle droit. Ainsi, les régions *transversales* sont celles que nous avons à notre droite et à notre gauche, à l'orient et à l'occident. Par *adversos* il faut entendre nos antipodes, *qui adversa nobis urgent vestigia*, comme dit plus bas notre auteur.

— 2. Tout le monde connaît ces vers de Virgile, *Georg.*, I, 233 : *Quinque tenent cœlum zonæ*, etc. La sphère terrestre est partagée en cinq parties égales, qui répondent aux zones célestes. On les appelle zones, du grec ζώνη, qui veut dire ceinture, parce que les espaces renfermés entre elles ressemblent à des bandes, à des ceintures.

— 3. *Cœli verticibus.* Mot à mot *les gonds du ciel*, c'est-à-dire les pôles.

— 4. C'est la zone torride. Ovide a dit, *Métamorph.*, I, 46 : *quinta est ardentior illis.*

Page 26. — 1. *Lateribus latior.* Sa largeur, qui se prend de la zone torride à l'une des glaciales, relativement aux pôles, *verticibus*, n'est que de 43 degrés ; au lieu que sa longueur, qui se prend d'occident en orient, *lateribus*, est de 180. D'Olivet.

— 2. *Tuum nomen audiet?* Cicéron affectionne cette idée. Ainsi il fait dire à Scipion, *De Republica*, I, XVII : *Quamque nos in exigua ejus parte affixi, plurimis ignotissimi gentibus, speremus tamen nostrum nomen volitare et vagari latissime?*

Page 28. — 1. Il s'agit de cette fameuse *année platonique*, où, selon les philosophes, tous les corps célestes seront à la place qu'ils occupaient à la création. Ils mesuraient cette année, qu'ils appelaient la *véritable année du monde*, non point sur le cours du soleil, mais sur la révolution complète de l'univers entier. C'est ce qui a fait dire à Macrobe, II, 11 : *Annus vero, qui* MUNDANUS *vocatur, qui vero vertens est* (*la véritable révolution de l'année*), *qui conversione plenæ universitatis efficitur, largissimis seculis explicatur.* Voyez Cicéron, *Sur la Nature des Dieux*, II, 20, et Platon, dans le *Timée*, c. 9.

Page 30. — 1. *Scito esse conversam.* La grande année platonique, *annus mundanus*, embrasse une période de quinze mille années ordinaires. L'auteur suppose que celle qui court actuellement a pour point de départ la mort de Romulus, depuis laquelle il s'est écoulé cinq cent soixante-treize ans jusqu'au songe de Scipion. Ce n'est donc pas la vingtième partie de l'année du monde citée plus haut.

Page 32. — 1. *Nam quod semper movetur.* Tous ces mots du texte, *Nam quod* jusqu'à *Hanc tu*, sont cités dans les *Tusculanes*, I, 22. Cicéron les traduit mot pour mot du *Phædrus* de Platon, où l'immortalité de l'âme est démontrée par les preuves les plus saisissantes, et où l'argumentation repose tout entière sur ce principe, que l'âme est impérissable, parce qu'elle se meut d'elle-même.

Page 34. — 1. Les Grecs disent avec plus de vivacité, en un seul mot, *αὐτοκίνητον*.

Page 36. — 1. On trouve la même pensée, rendue peut-être avec moins de bonheur, mais avec autant d'énergie, dans les fragments du livre VI de la *République*, chap. I : *Graves enim dominæ cogitationum libidines.... ad omne facinus impellunt eos, quos illecebris suis incenderunt.*

— 2. *Revertuntur.* Proclus, qui souvent ne fait que reproduire les idées de Platon, prétend que les âmes des bons vont et viennent dans les cieux, tandis que celles des méchants errent pendant mille ans sur la terre ou sous la terre, jusqu'à ce qu'elles soient enfin rappelées dans le *jardin de leur naissance*, λειμῶνα γενέσεως, ce qui est une grave erreur de palingénésie, puisque l'âme n'a jamais commencé d'être. Her, dans la *République* de Platon, X, raconte, parmi ses récits de l'autre monde, que les âmes des coupables, après avoir été torturées pendant des siècles infinis, remontent au principe de leur essence, c'est-à-dire au ciel, ce qui est plus conforme au dogme psychologique. C'est dans Virgile qu'il faut chercher le tableau le plus dramatique et la peinture la plus terrible du purgatoire païen. Voyez *Æn.*, VI, 735, sqq.

LIBRAIRIE DE L. HACHETTE.

TRADUCTIONS JUXTALINÉAIRES

DES

PRINCIPAUX AUTEURS CLASSIQUES LATINS.

FORMAT IN-12

Cette collection comprendra les principaux Auteurs qu'on explique dans les classes.

EN VENTE AU 1er DÉCEMBRE 1844 :

CICÉRON :	Songe de Scipion. Prix, broché ..	fr. 7[illegible] c.
HORACE :	Art poétique. Prix....	» fr. 90
TACITE :	Vie d'Agricola. Prix.	1 fr. 75 c.
VIRGILE :	Géorgiques, livre IVe. Prix	» fr. 90

SOUS PRESSE :

CICÉRON :	Plaidoyer pour Milon.
—	Action contre Verrès. Des Statues.
—	— Des Supplices.
HORACE :	Épîtres, livre Ier
OVIDE :	Métamorphoses, livre Ier
PHÈDRE :	Fables.
TACITE :	Annales, livre Ier
TÉRENCE :	Andrienne.
VIRGILE :	Énéide, livres Ier et VIe

A la même Librairie :

TRADUCTIONS JUXTALINÉAIRES

DES PRINCIPAUX AUTEURS GRECS,

à l'usage

des classes et des aspirants au baccalauréat ès lettres.

IMPRIMERIE DE CRAPELET, RUE DE VAUGIRARD, N° 9

www.ingramcontent.com/pod-product-compliance
Ingram Content Group UK Ltd.
Pitfield, Milton Keynes, MK11 3LW, UK
UKHW031958260826
14628UKWH00005B/2141

9 782013 040020